講久了，
子會痠。

吵架時氣勢不如人。

搶東西時總是輸。

步伐和別人不搭調。

150cm Life

高木直子◎圖文
洪俞君◎譯

個子雖小，卻尚稱努力上進。

共撐一把傘時，
總是由別人替我服務。

在電車裡
遇見一群去郊遊的小學生，
不禁心中暗喜。

我的身高到了150cm就沒再往上長，這都已經過了15載。
對我而言，這世界上的東西多半都有點兒太大。
和別人講話時得抬起脖子、衣服的袖子太長、
拿高處的東西時得踮腳尖、走路時常常不自覺地加快腳步等等，
這些都變成我日常生活中理所當然的事。
雖不喜歡因個子矮小所帶來的諸多不便，
但若有人因我個子矮而對我特別好的話，
我也就會因而覺得「其實個子小也不錯嘛。」
若有人對我說：「個子嬌小可愛，這不是很好嗎？」
我有時也會信以為真，
而有些沾沾自喜。

我試著用圖配文的方式來描繪出由 150cm 的高度所看到的種種，
及所感受到的心情。
希望這本書能得到身高和我相似的讀者們的共鳴。
「是啊，我也曾經有過同樣的心情呢。」
個子比我高得許多的讀者們也能因此想起逝去的那段 150cm 時光，
「嗯，我也曾有過這樣的心情歲月呢。」
個子矮小，有得有失，好壞參半。
這就是我的 150cm Life。

Contents

1.500cm
190cm
130 cm
145 cm
160 cm
182cm
156 cm

Contents

喜悅 of 150cm……

4,5,34,82,96,106

5.000 cm
1.000 cm
700 cm
400 cm
150 cm
50 cm

我（高木直子）

身高150cm。
體型雖然嬌小，
卻是個典型的O型人。
喜歡的食物是壽司、西瓜。
天天都是星期天。

基肯

白色的來亨雞，公雞。
喜歡的食物是玉米。
身為「雞」族，早上卻起不來。
興趣是睡懶覺。

過去式 of 150 cm

chapter.1

「從小個子就很矮」

綜合我的「矮」朋友們的說法，個兒矮的人可分為兩種，一種是「從小就很矮」；另一種則是「小時候個子還滿高的，可是身高後來就沒再長了，結果個子還是屬於矮的」。

我是屬於前者。

依高矮順序排隊時，身高在班上經常是倒數前幾名的我，總是排在前面第一或第二個。

聽到「向前看齊」的口令，就得擺出兩手扠腰的固定姿勢。

向前看齊
嗶！
我
後面的人偷懶沒做動作也不會被發現。

個子矮，雖容易獲得老師及高年級學生關愛的好處，但也往往會被冠上「小不點」的綽號。

進了幼稚園後，我才發現自己長得比同年齡的小朋友矮。

起先以為我是三月出生的，所以個子才比較小。

（譯者註：日本的學校是四月入學，一九七三年四月二日至一九七四年四月一日出生者屬同年入學。）

但上小學以後，我的個子依然很小，這才察覺「自己好像真的很矮」。

我不挑食，在學校吃營養午餐時，
也總是吃得又快又多，
因此有時會得到老師的讚許。
妳個子雖小，食量卻很大，真不錯！
老師
第二碗
3-4
你看，有的同學個子雖小，卻吃得一點也不剩，你也應該跟她看齊啊。
長得很高大，食量卻很小的男同學。
心中五味雜陳

也曾經因個子太矮而搆不著黑板。

40÷5=
搆不著
40÷5=
擦不到
值日生
跳

選班上各股股長時，曾自願擔任布告板股長，但卻因「個子太矮」而落選了。

布告板股長

負責將大家的書法作品等貼到牆壁上。大家都很想當。

希望
希望
希望
哼！
失物箱

最後只當上不起眼的「失物招領股長」。

也曾在抽籤決定座位時—
太好了，我抽到後面的位子了耶!!
正高興自己抽到後面的位子，不料卻因老師考慮到個子矮的人坐後面會看不到黑板，而被換到前面。
耶～太棒了
和我換座位的男同學，他本來應該坐在前面的。
……
諸如此類不合理的事很多。

參加鼓笛隊在運動會上表演時，
我本來想負責打大鼓，
卻由於老師體諒「個子矮的同學
拿大鼓太辛苦了」，
而變成負責拿綵球。

好羨慕喔！

運動會上常常喜歡什麼都按身高來決定
先後順序。
賽跑也是由個子小的人先跑，
行進繞場時也被排在前頭，
教人緊張的事兒可多著。
不過，在疊羅漢或玩騎馬打仗時，
我就會輪到上頭的輕鬆角色。

總是排在最上層

但是像籃球、排球之類
「個子高的人佔優勢」
的球類運動，
我一概不行。
咻
哎呀？
玩跳起來看能否摸
到葉子的遊戲時，
啊，差一點兒！
跳
我的手總是徒然地
劃過空中。
啊，差很多……
跳
擅長的遊戲
是「捉迷藏」
吧？

進國中時，
一般而言女生和男生
的身高差不多。
校規規定男生要理光頭
在很多女生都比男生高的
情況下，對那些個兒矮的
男同學而言，我的存在正
可以讓他們稍感安慰吧。
班上個子最矮的
但不知為何，
我竟喜歡上班上個子
最高的男生。
身高相差
40cm左右
那時，我覺得
身高的距離是
一大障礙……
唉～
純真的國中生

學校的體育服有S、M、L三種尺寸，可是我連穿S都有點兒大，所以看起來有點「那個」。

噗哧……
看起來好像下面什麼也沒穿。

上體育課時，球類以及跑跳之類的運動，我雖然不行，不過，我的墊上運動倒是挺不賴的。

其實不只是我，很多個兒小的人或因柔軟度好，或因動作靈巧，在這項運動上都表現得不錯。

有時老師會要我在大家面前示範小前滾翻。

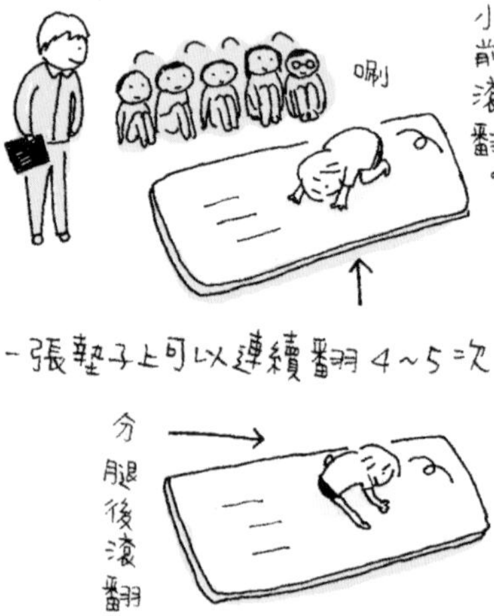
唰
一張墊子上可以連續翻4~5次
分腿後滾翻

側翻也可以一直連續翻個不停。

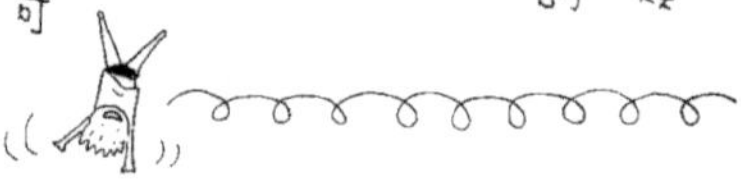

我參加的社團是硬式網球社，很認真地練習，卻沒什麼進步。

哇！
嘿!!
啪

我的截擊守備範圍很小，打雙打時，後面的人很辛苦。

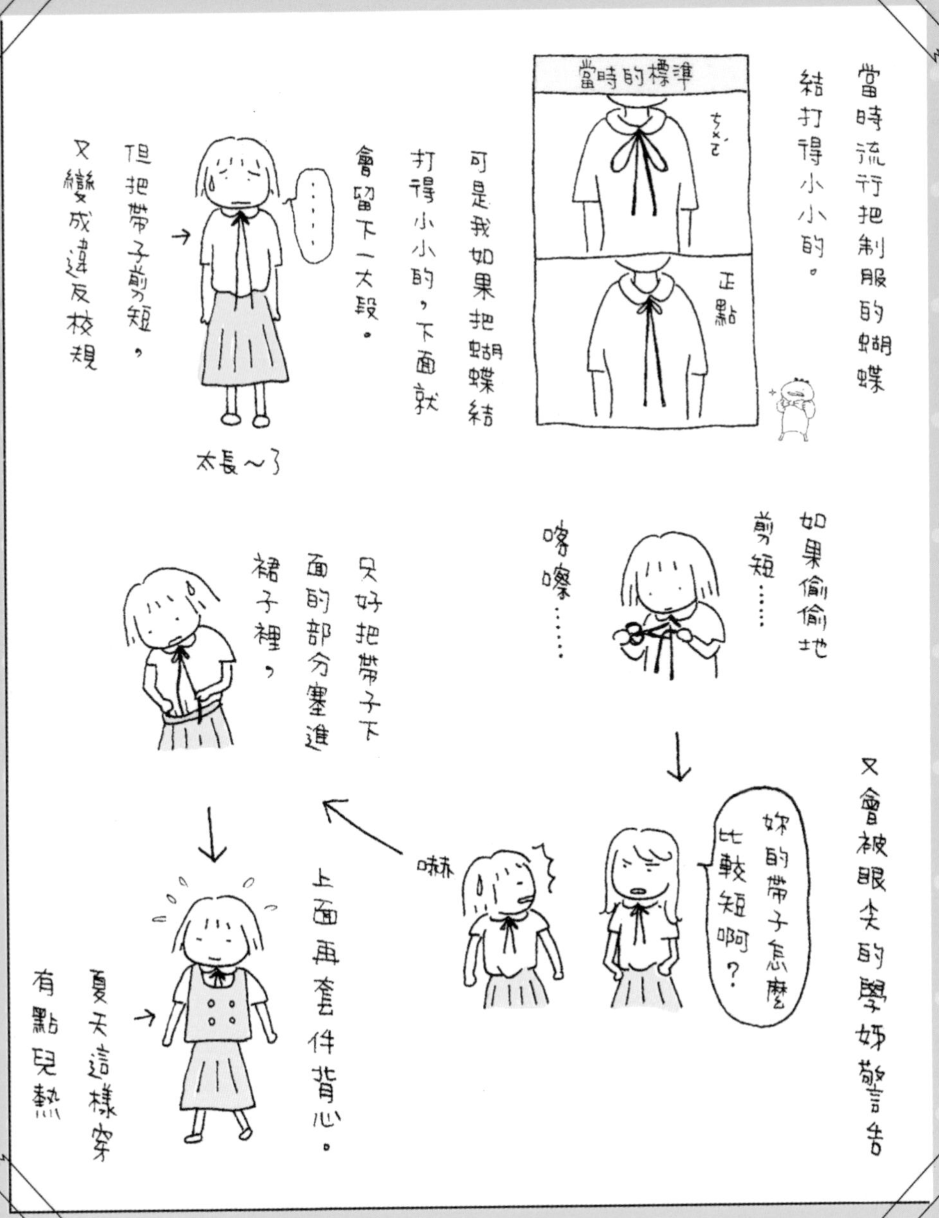
當時流行把制服的蝴蝶結打得小小的。
當時的標準
ㄘㄨㄛˊ
正點
可是我如果把蝴蝶結打得小小的，下面就會留下一大段。
……
太長～了
但把帶子剪短，又變成違反校規
如果偷偷地剪短……
喀嚓……
又會被眼尖的學姊警告
妳的帶子怎麼比較短啊？
嚇
只好把帶子下面的部分塞進裙子裡，
上面再套件背心。
夏天這樣穿有點兒熱

國中時，
有的同學一年就長了
10cm以上，
而我卻是一點兒一點
兒地往上長，
長到150cm就停了。
幹什麼？
稍微踮一下腳尖
有的同學還不到畢業，制服就
變得太小了，得再買新的。
而我同樣的制服穿了三年，一
點問題也沒有。
就這點而言，我可
說是對家計有貢
獻的好女兒。
也不是什麼值
得炫耀的事
啊……
完

受難記 in 電車

chapter.2

「搭客滿的電車真痛苦」

我以前搭電車上學、上班，
光是單程就得花上一個半小時。
早晚的尖峰時刻真是嚇人，
每天都快被擠扁了。
對我而言，
客滿的電車中存在著一些幾近恐怖的東西。
在個兒比自己高的人群包圍下，
呼吸困難、燠熱、視野又差、
腳又站不穩、
長時間頭腦混沌不清，
仰頭一望，只見吊環空飄搖。

搭客滿的電車很辛苦，這是大家都有同感的，
但我覺得個子比別人矮，
相對地吃的苦頭也就比較多。
下層的人口密度比較高，氧氣的濃度
也就比較低。

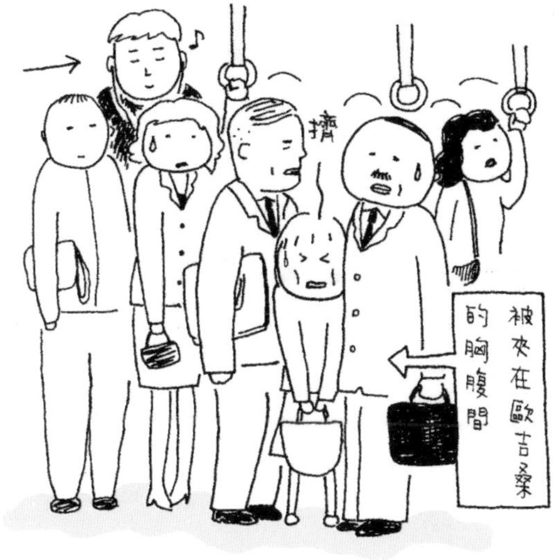
擠
被夾在歐吉桑的胸腹間

比別人高上一個頭的高個兒，
吸到的空氣應該比較新鮮吧？

電車中危機四伏

報紙蓋到我的頭上……
唰……
……
長髮甩到我臉上……
咻
哇！
這位歐吉桑穿的不知道是什麼質料的西裝，怪扎人的。
（夏天特別多）
好痛喔!!
被圍巾弄得鼻子發癢……
哈……
哈……
哈啾!!
差點被書角打到眼睛……
噗……
砰
好痛喔!!
被背包擠扁……
哎喲～

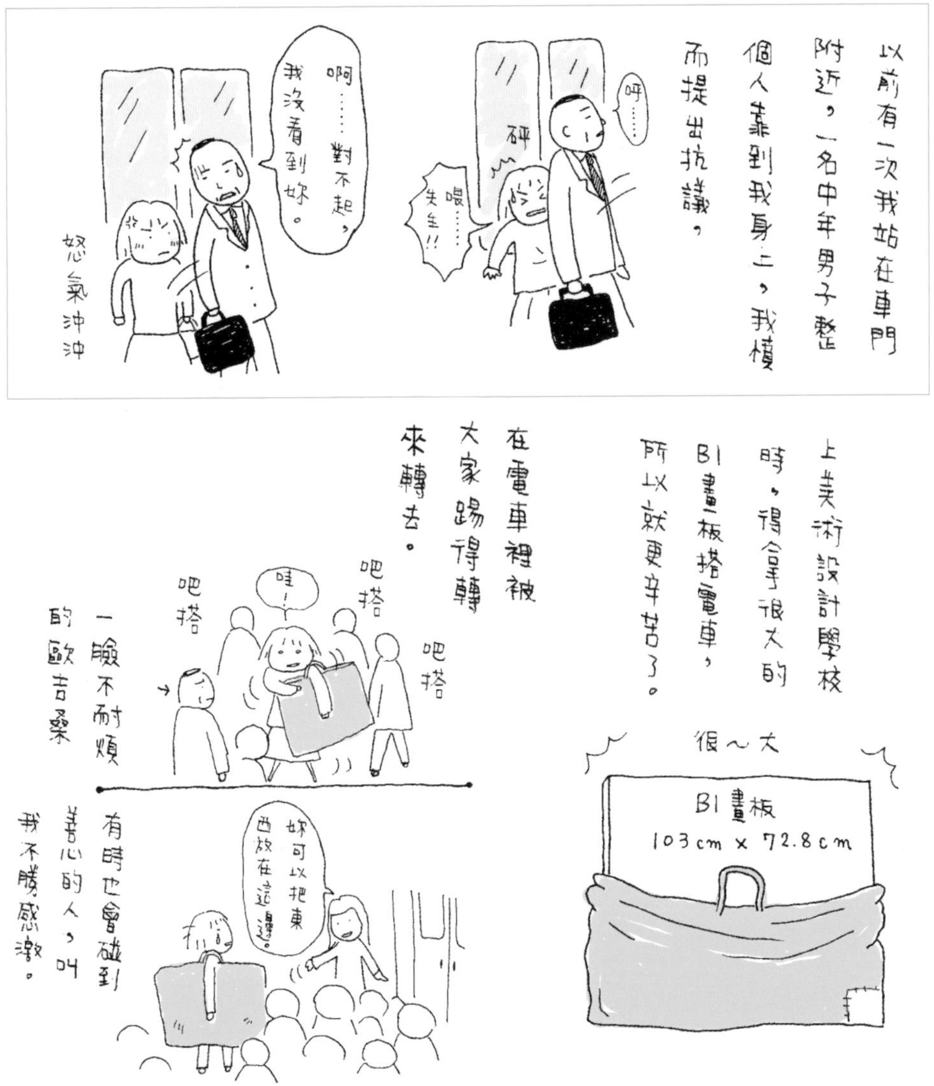

以前有一次我站在車門附近，一名中年男子整個人靠到我身上，我橫而提出抗議，
呼……
砰
喂……先生!!
啊……對不起，我沒看到妳。
怒氣沖沖
上美術設計學校時，得拿很大的B1畫板搭電車，所以就更辛苦了。
很～大
B1畫板
103cm x 72.8cm
在電車裡被大家踢得轉來轉去。
哇！
吧搭
吧搭
吧搭
一臉不耐煩的歐吉桑
有時也會碰到善心的人，叫我不勝感激。
妳可以把東西放在這邊。

製作畢業作品時，最多曾一次拿五張B1畫板。

好累哦~

光是搭電車到學校就累斃了。

但是，和我唸同一所學校的高個兒男生，似乎就沒我那麼辛苦。

快步如飛

和我搭同一路線電車的男生，身高180cm。

休息喘口氣

呼—
呼—

為什麼這麼不公平呢？

爬車站裡的樓梯，這也是挺累人的……

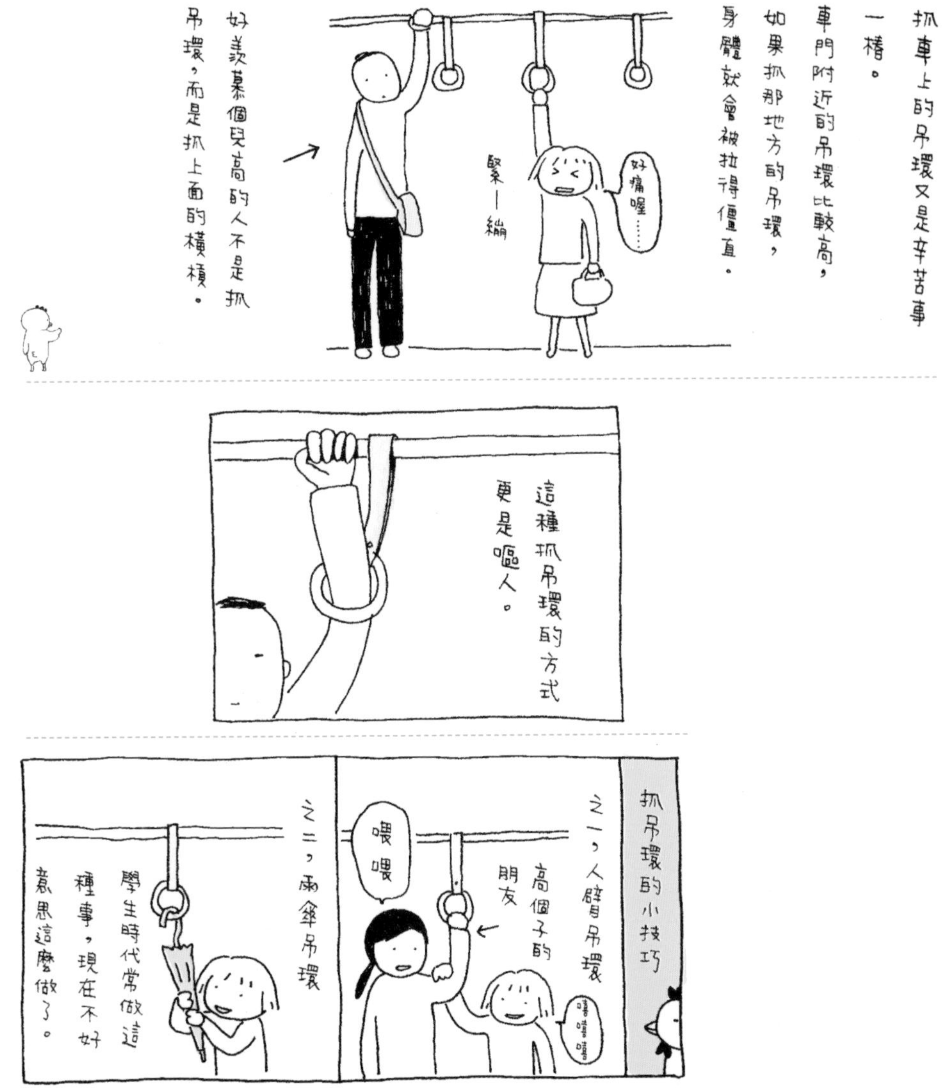

抓車上的吊環又是辛苦事一樁。
車門附近的吊環比較高，如果抓那地方的吊環，身體就會被拉得僵直。
好痛喔……
緊—繃
好羨慕個兒高的人不是抓吊環，而是抓上面的橫槓。
這種抓吊環的方式更是嘔人。
抓吊環的小技巧
之一，人臂吊環
高個子的朋友
喂喂
之二，雨傘吊環
學生時代常做這種事，現在不好意思這麼做了。

電車上的置物架太高了，所以也不合我用。
正在用目測評估是否能把東西放上去
凝視～
○搆得著
×搆不著
很丟臉→
偶爾會碰到熱心人幫我把東西放上去，但……
我幫妳放上去。
下一站是～新宿～
但當我要下車的時候，那人已經不見了。
不見了
四下張望
怕東西掉下來，所以幫我放得很後面
搖晃
砰
好痛哦—!!
諸如此類傷腦筋的事兒也頗多，因此我很少用電車上的置物架。
完

據說鳥類走三步就會把事情給忘掉。
基肯也很健忘
棉被曬在外面，到了晚上還忘記收進來。
該睡覺了
天全黑了——
泡麵沖熱開水後等三分鐘的當兒，就把它給忘了。
哇哈哈
麵都糊了
Noodle
不過，錢的事倒是不會忘。
妳前幾天跟我借200塊，還來!

看電影時，如果前面坐了個高個子，那就很悲慘……

但我確信，我一點兒也不會擋到別人的視線。

單身生活 of 150 cm

chapter.3

「小屋裡的小生活」

我目前一個人住在東京都內的公寓房子。
一個人的生活很自由也很隨興，但由於凡事
都得自己來，所以還是滿辛苦的。
而且，東京的房租很貴，房子又小。
有時想到以同樣的房租，我可以在三重縣當
地租到相當好的房子，就覺得很心疼。
可是，另一方面也覺得我個子比別人嬌小，
相對地，可以使用的空間一定也比別人大。
房子雖然很小，卻也住得還算舒適，這就
是我的單身生活。

屋齡十年
三坪小套房
附腳踏車車位
震驚
同樣的房租!?
三重縣當地的朋友
新屋，
附四坪小閣樓
及停車位

一個人住之後，有時會發現一些
以前覺得沒啥大不了的事，其實
是挺辛苦的。

以前住在家裡時，要買東西一定
是開車去，所以沒什麼感覺。
不過現在就發現……

超級市場
老家

食品類的東西好重哦!!

TOILET PAPER
拿衛生紙走在路上，
覺得很不好意思。

我平常多半是到離家徒
步五分鐘的超市購物，
然而這五分鐘也夠累人的。
有時心血來潮買得太多
，或是買了米，第二天
就會肌肉痠痛。

傷心的往事

有一年夏天，買
了一個大西瓜，
實在太重了，結
果走到半路就掉
在地上摔破了。

砰
哎呀
最愛吃西瓜

以前，在家裡，要拿高處的東西時，
都是請家人幫忙，現在就不行了。

父親
弟弟

我要到東京時，從家裡
帶來了我認為「絕對需
要」的凳子。
是我爺爺幫我做的，
他以前是個木匠。

45cm
做得非常堅固。

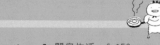

這張凳子果真幫了我很多忙。
把櫃子上層的東西拿出來或是放進去時
清洗空調的濾網時
換日光燈的燈管時
這時下面還需要一張桌子
電壓的總開關跳機時
喀嚓
對我而言，這張凳子乃是不可或缺的。
緊抓
說它是我身體的一部分也不為過!!

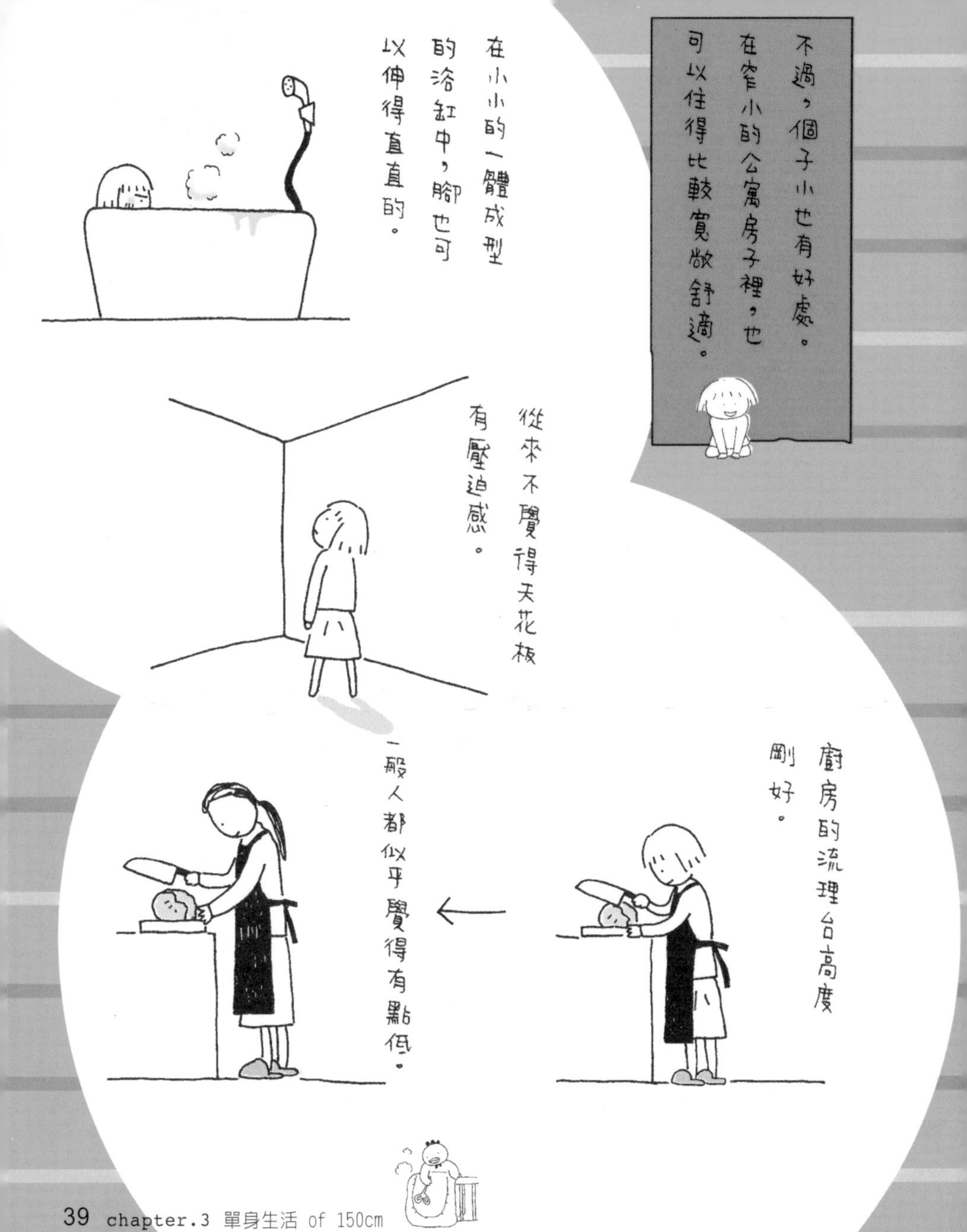
不過，個子小也有好處。
在窄小的公寓房子裡，也
可以住得比較寬敞舒適。
在小小的一體成型
的浴缸中，腳也可
以伸得直直的。
從來不覺得天花板
有壓迫感。
廚房的流理台高度
剛好。
一般人都似乎覺得有點低。

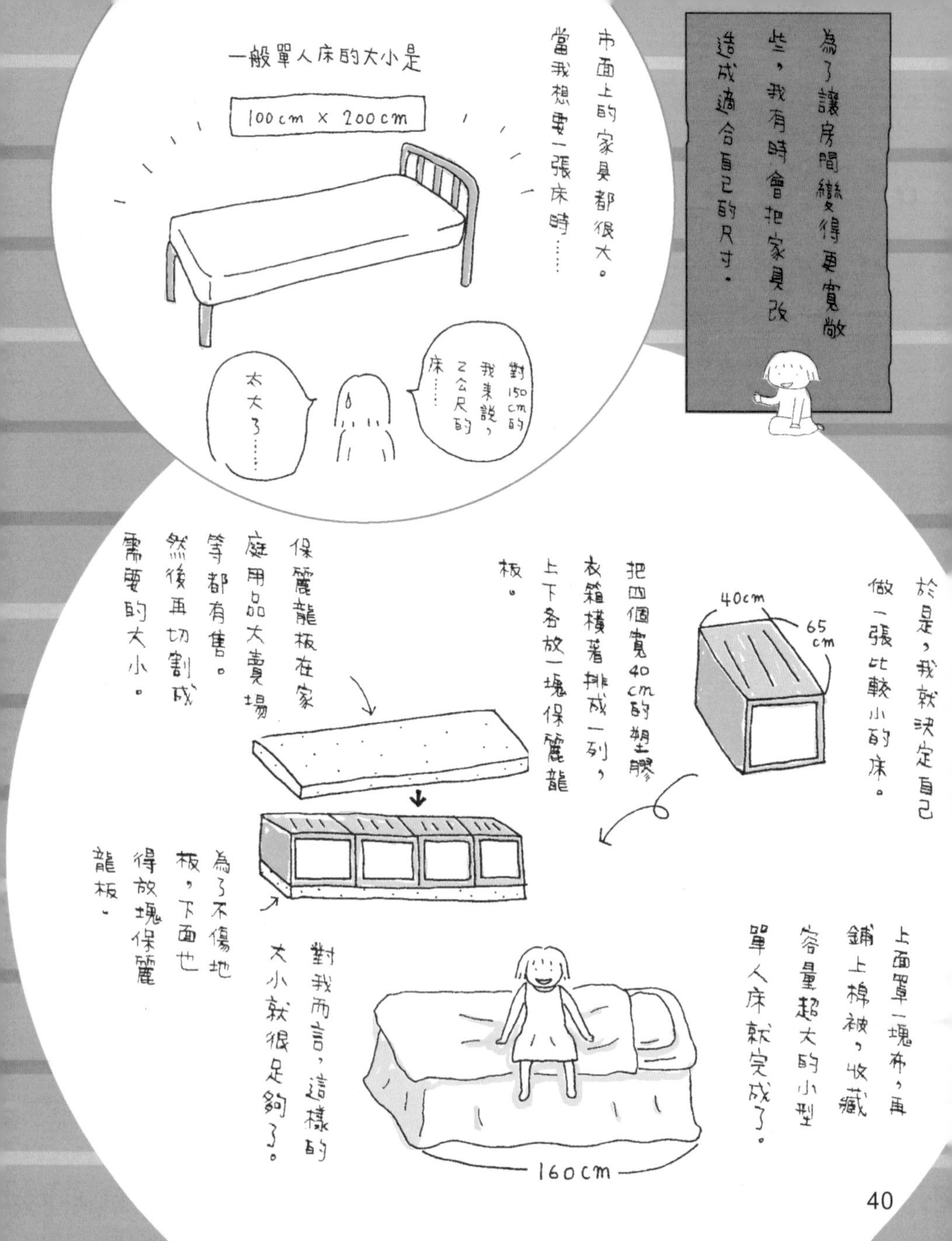

為了讓房間變得更寬敞些，我有時會把家具改造成適合自己的尺寸。
市面上的家具都很大。
當我想要一張床時……
一般單人床的大小是
100cm × 200cm
對150cm的我來說，2公尺的床……
太大了……
於是，我就決定自己做一張比較小的床。
40cm
65cm
把四個寬40cm的塑膠衣箱橫著排成一列，上下各放一塊保麗龍板。
保麗龍板在家庭用品大賣場等都有售。然後再切割成需要的大小。
為了不傷地板，下面也得放塊保麗龍板。
上面罩一塊布，再鋪上棉被，收藏容量超大的小型單人床就完成了。
對我而言，這樣的大小就很足夠了。
160cm

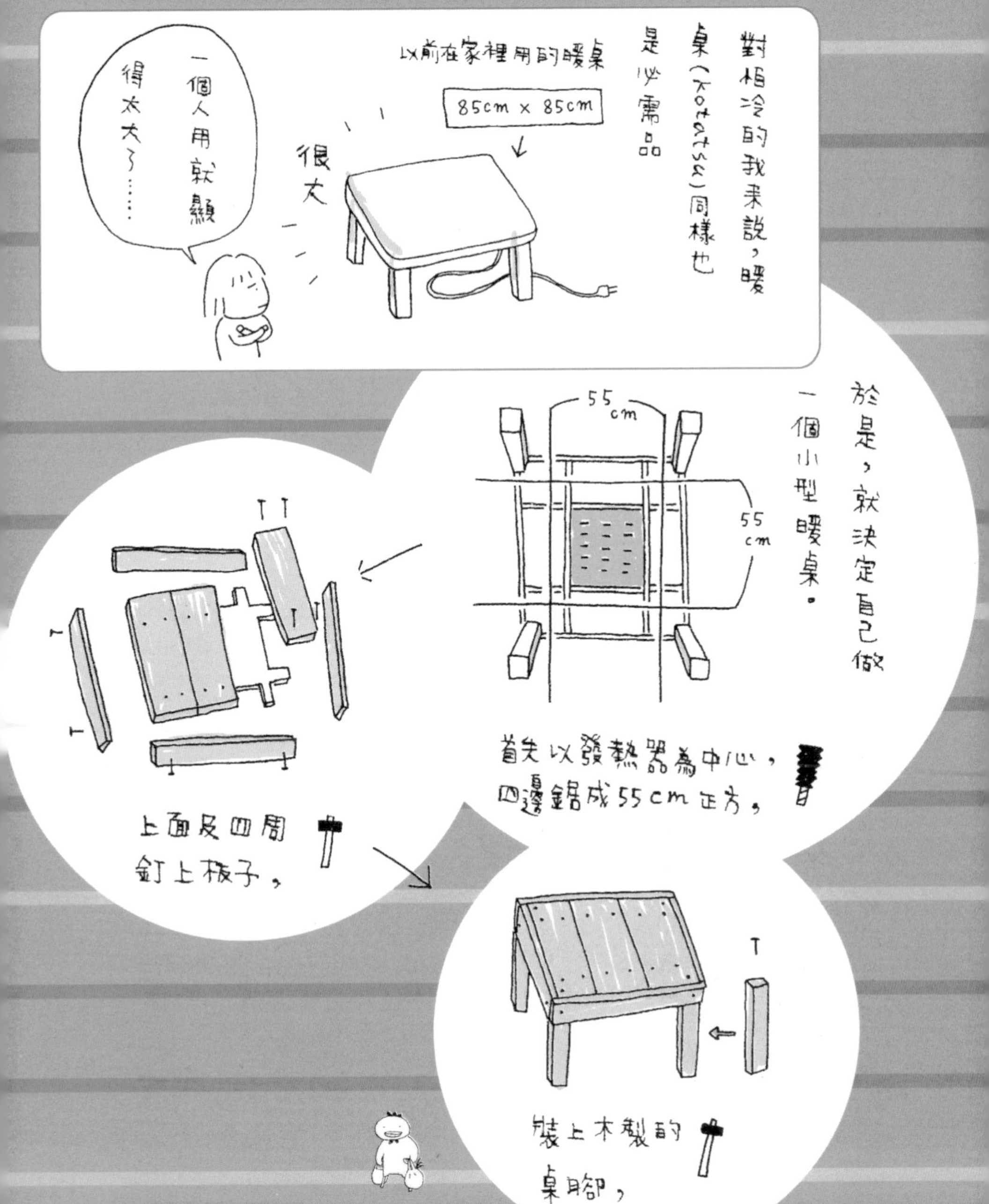
對怕冷的我來說，暖桌(kotatsu)同樣也是必需品
以前在家裡用的暖桌
85cm × 85cm
很大
一個人用就顯得太大了……
於是，就決定自己做一個小型暖桌。
55cm
55cm
首先以發熱器為中心，四邊鋸成55cm正方，
上面及四周釘上板子，
裝上木製的桌腳，

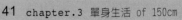

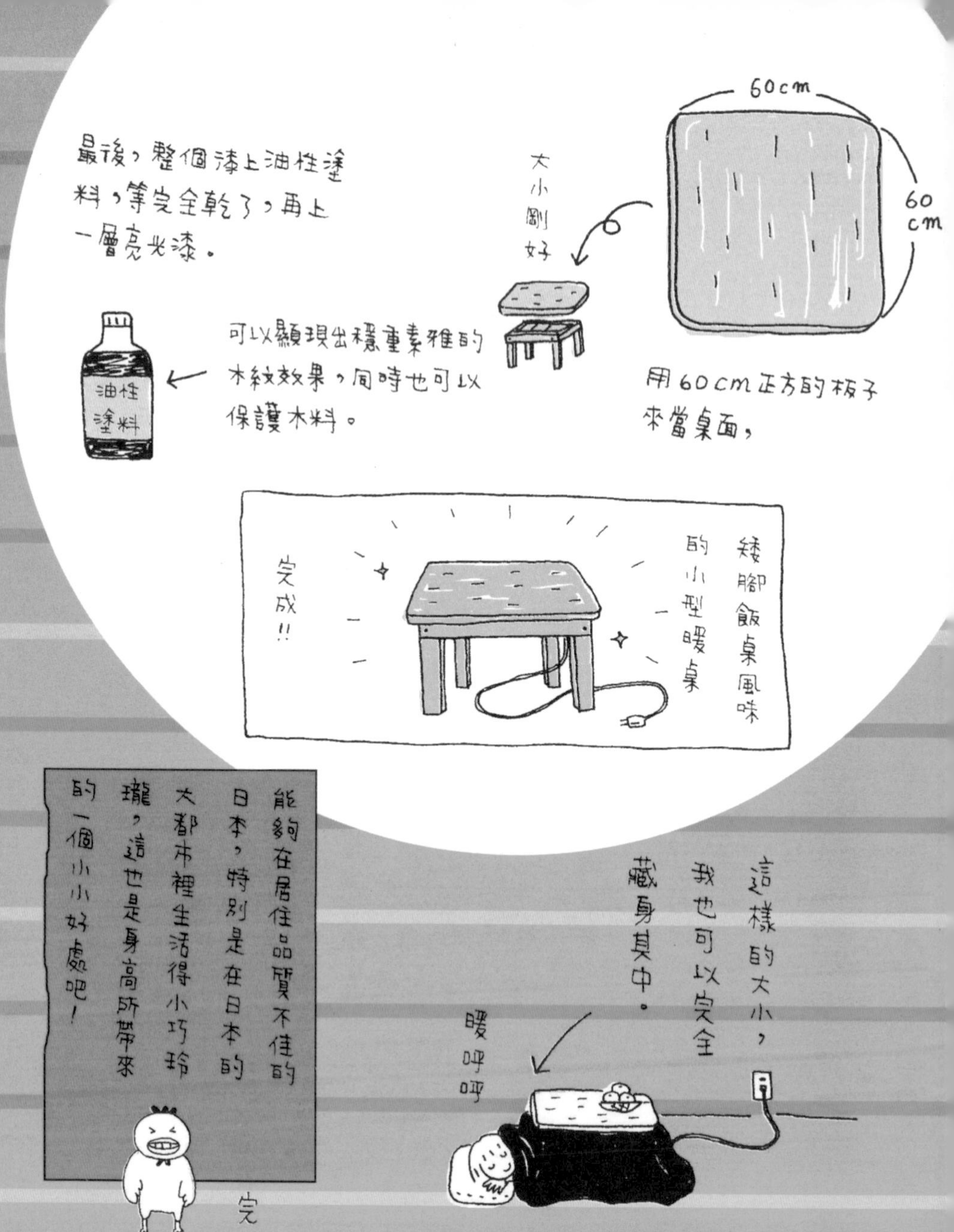
最後，整個漆上油性塗料，等完全乾了，再上一層亮光漆。
60cm
60 cm
大小剛好
用60cm正方的板子來當桌面，
油性塗料
可以顯現出穩重素雅的木紋效果，同時也可以保護木料。
矮腳飯桌風味的小型暖桌
完成!!
這樣的大小，我也可以完全藏身其中。
暖呼呼
能夠在居住品質不佳的日本，特別是在日本的大都市裡生活得小巧玲瓏，這也是身高所帶來的一個小小好處吧！
完

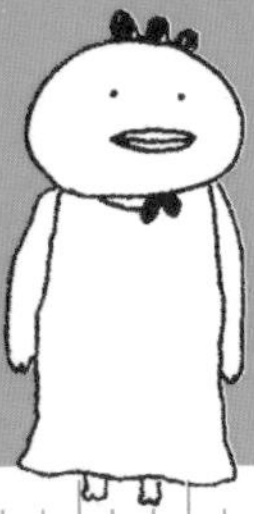

150 cm 服飾講座

chapter.4

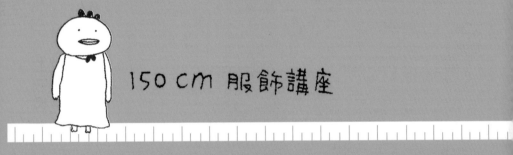

Lesson.1

TOPS

上衣篇

不是領口太大、就是袖子太長、不然就是腰身太大、或者是長度太長，實在很難找到大小剛好的上衣。可是又不想給人邋裡邋遢的印象。

不料，買回來後發現領口比想像中還大。
領口開得很大的衣服，給人成熟嫵媚的感覺，再巧妙地配上一條項鍊—
呵呵呵
寬鬆～
……
……
是不是有點太大了？
喔喔！喔喔！
臉紅～
看到了嗎？
連肚臍都看到了!!
如果穿領口太大的衣服出門，那天就會老是覺得心神不定。
內衣的肩帶露出來了喔！
驚
被這麼一提醒，之後就會一直掛念不已。
再確定一下
拉
沒露出來吧？
就連襯衫有時也會碰到領口大小稍微不合的問題。
把最上面的一個鈕釦也扣上，則有點兒太緊。
可是不扣又覺得領口太開
有點太暴露了。
哎呀

然而，另一方面領口太緊也是個問題。
哇～那件毛衣好可愛喔～看起來好像很暖和耶。
好想買喔♥
粗線針織毛衣
秋天的最愛
但實際一穿……
嗯～
嗯～
嘻嘻
好不好看？
……
……嗯～恕我直言，妳看起來好像是頸椎受傷的病人……
震驚
頸椎受傷的
病人
高領毛衣固然很可愛，但是得選穿起來不會太臃腫的。

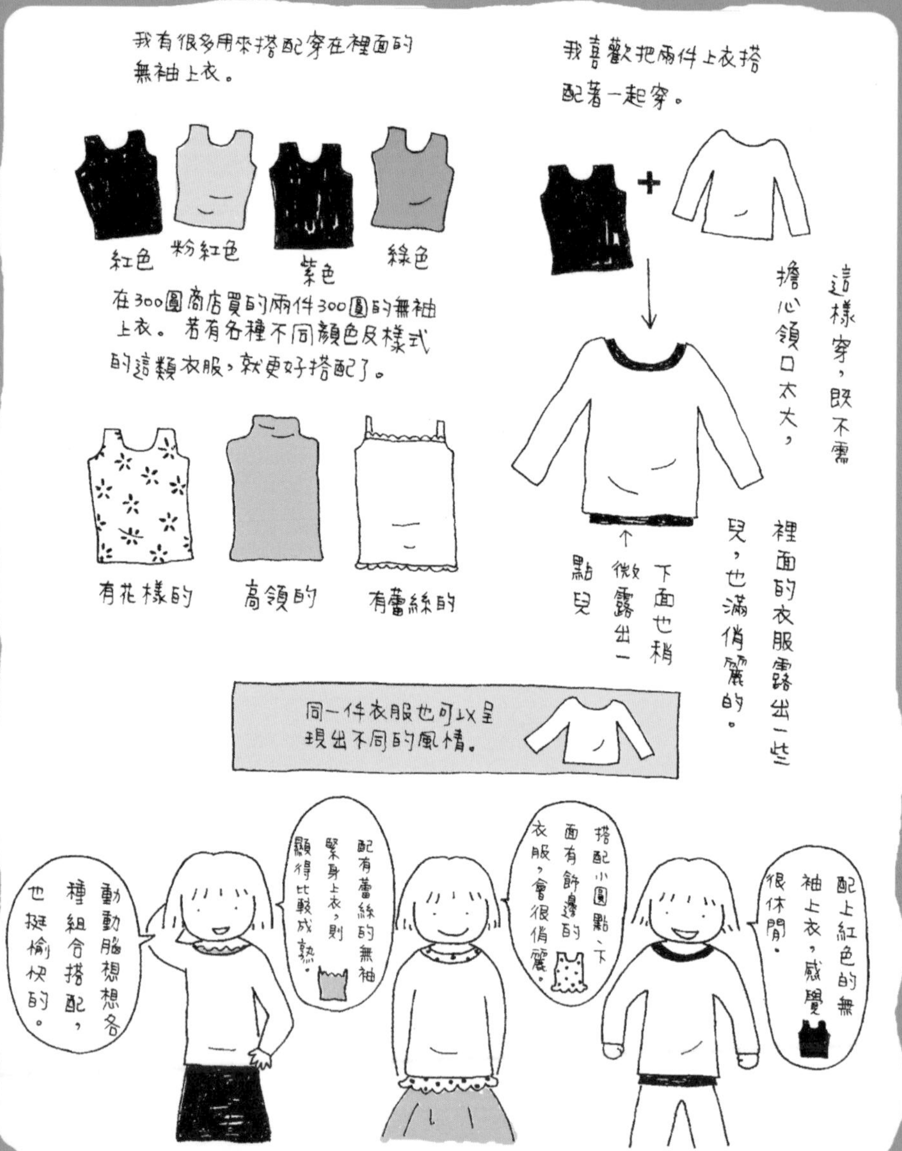
我有很多用來搭配穿在裡面的無袖上衣。
紅色
粉紅色
紫色
綠色
在300圓商店買的兩件300圓的無袖上衣。若有各種不同顏色及樣式的這類衣服，就更好搭配了。
有花樣的
高領的
有蕾絲的
我喜歡把兩件上衣搭配著一起穿。
這樣穿，既不需擔心領口太大，
裡面的衣服露出一些兒，也滿俏麗的。
下面也稍微露出一點兒
同一件衣服也可以呈現出不同的風情。
動動腦想想各種組合搭配，也挺愉快的。
配有蕾絲的無袖緊身上衣，則顯得比較成熟。
搭配小圓點、下面有飾邊的衣服，會很俏麗。
配上紅色的無袖上衣，感覺很休閒。

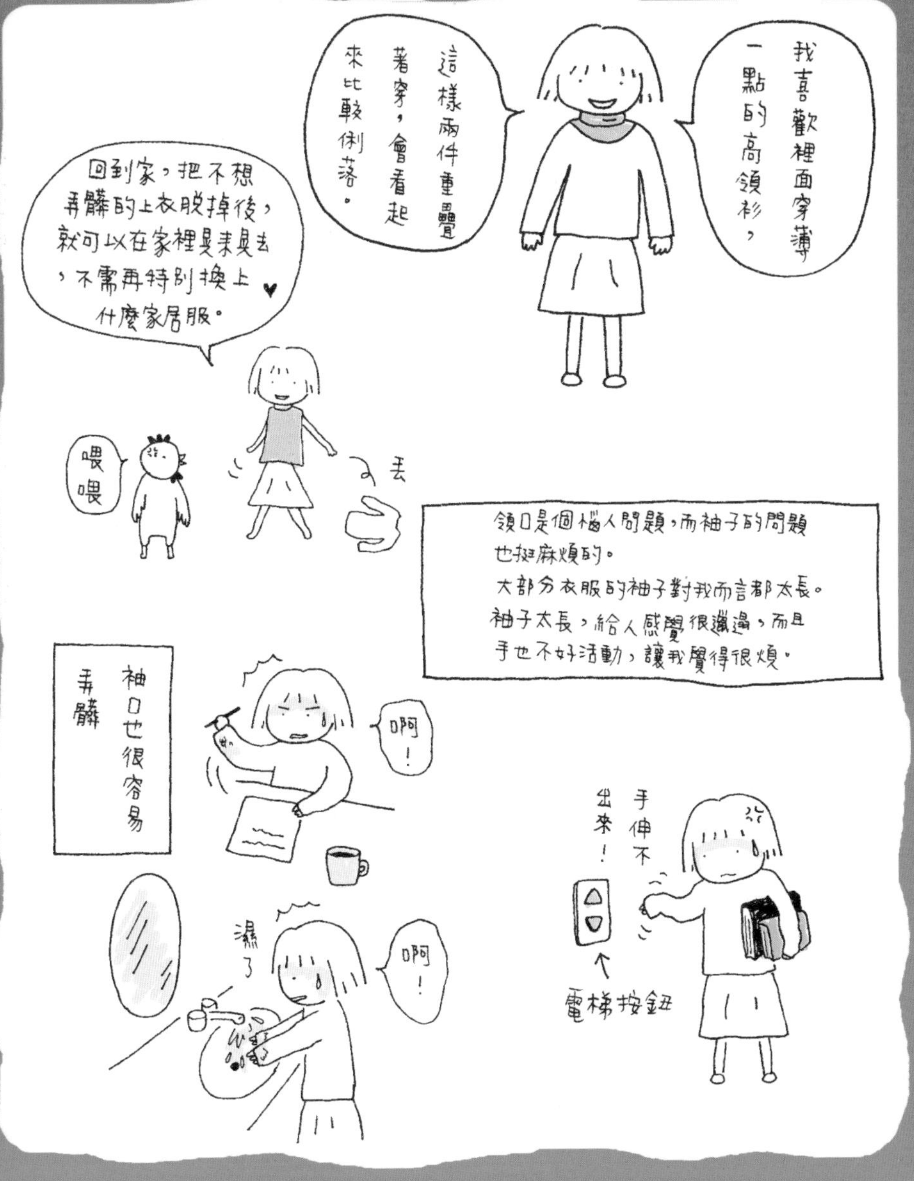
我喜歡裡面穿薄一點的高領衫，
這樣兩件重疊著穿，會看起來比較俐落。
回到家，把不想弄髒的上衣脫掉後，就可以在家裡晃來晃去，不需再特別換上什麼家居服。
喂喂
去
領口是個惱人問題，而袖子的問題也挺麻煩的。
大部分衣服的袖子對我而言都太長。
袖子太長，給人感覺很邋遢，而且手也不好活動，讓我覺得很煩。
袖口也很容易弄髒
啊！
濕了
啊！
手伸不出來！
電梯按鈕

所以就把袖口反摺，
縫上鈕釦，
弄得好像是摺袖的設計。
而七分袖就不會出現這樣的問題，真是太棒了。
七分袖T恤
七分袖襯衫
還是七分袖穿起來舒服♥
嗯……
雖然七分袖都變成八點五分袖了……

比起一些觸感滑順的質料，
紗布材質或是縐褶加工之類的輕柔布料可方便省事多了。
如果是穿起來不會很貼身的布料，就算有點兒大也不需傷腦筋。
我媽媽不知那是縐褶加工的布料，晾衣服時拚命地想把縐紋弄平。
啪
啪
直條紋看起來比橫條紋俐落。
橫條紋固然也很可愛，
但給人感覺更矮更小。
特別是條紋太粗的話，
看起來就像個「小不點兒」。
哼
看起來像刻度計一樣。
噗……
橫條紋Polo衫

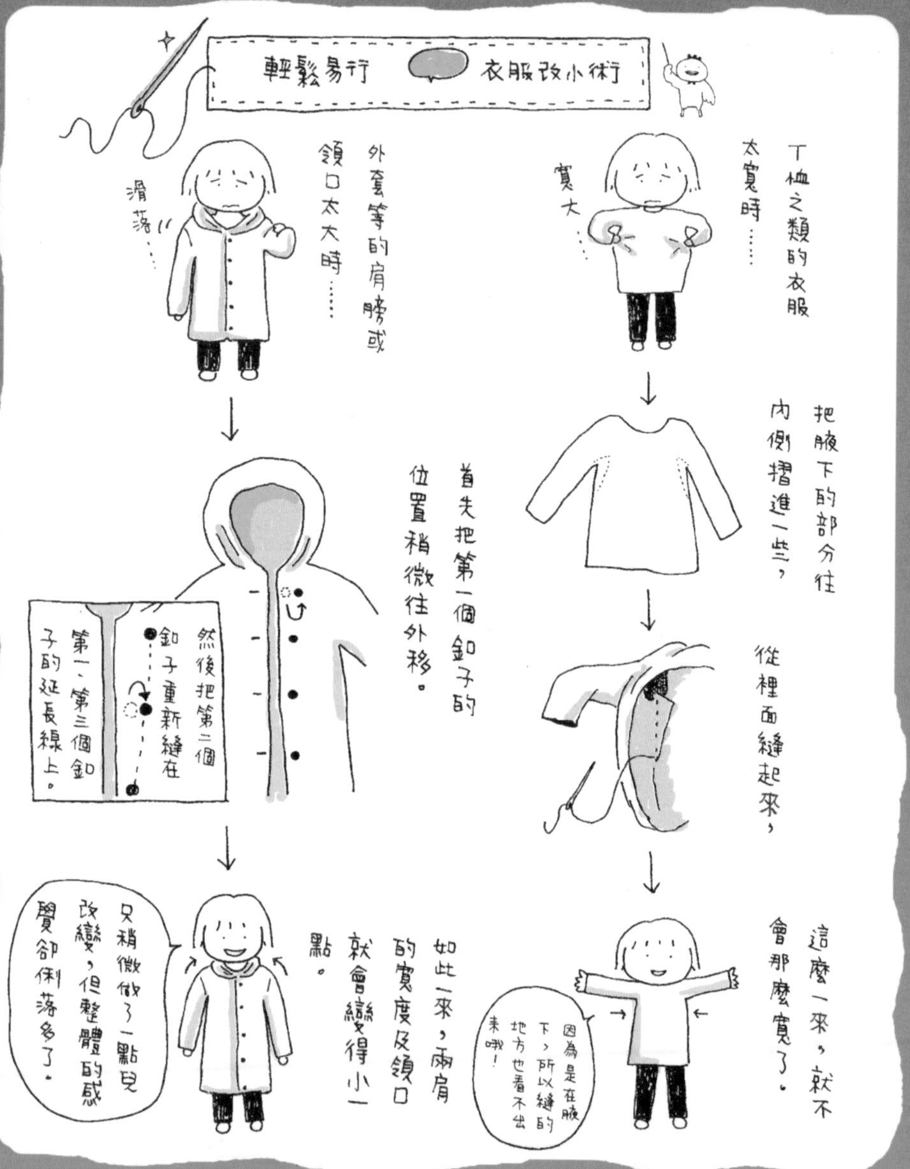
輕鬆易行 衣服改小術
T恤之類的衣服太寬時……
寬大……
把腋下的部分往內側摺進一些，
從裡面縫起來，
這麼一來，就不會那麼寬了。
因為是在腋下，所以縫的地方也看不出來哦！
外套等的肩膀或領口太大時……
滑落……
首先把第一個釦子的位置稍微往外移。
然後把第二個釦子重新縫在第一、第三個釦子的延長線上。
如此一來，兩肩的寬度及領口就會變得小一點。
只稍微做了一點兒改變，但整體的感覺卻俐落多了。

個子矮，有時也有好處。可以有效地利用童裝店就是其中之一。如果是140cm、150cm的尺寸，大小其實滿合適的，所以儘管是童裝也可以穿。

ONE

可愛的T恤比比皆是。

童裝的設計大多很可愛，價錢也比較便宜，所以很合算。

不過，有的店裡的童裝比大人的衣服要貴得多，有時真叫人嚇一跳。

兩…兩萬!?（約合台幣五、六千元）
誰家的小孩穿這麼貴的衣服啊～!?

偶爾也會發生一些糗事……

童裝部
是要送人的嗎？
嗯……嗯……是我自己要穿的。
耶—
啪嗒啪嗒
啪嗒啪嗒

小事一樁不足掛心!!應該勇於嘗試才是!!

上衣篇完

Lesson. 2

ONE PIECE 洋裝篇

洋裝的款式種類繁多，從可愛的到性感的應有盡有。樣式俏麗可愛的洋裝我固然也喜歡，但我要是穿太可愛的洋裝，往往顯得很像個小孩子。

可愛也是一種錯誤
之一
蕾絲
輕飄飄
會被說像是牧場少女。
呵呵呵
之二
褶子
水藍色
會被說像是幼稚園的小朋友。
嘿嘿嘿
然而，要把款式比較成熟的洋裝穿得很稱頭，也很困難。以前有一回穿旗袍（借來的）去參加婚禮，不料……
身穿旗袍，卻既不嬌豔也不嫵媚……
覺得自己好糗喔～
我的裝扮像是去參加化裝舞會的。
開衩的部分看起來一點兒也不性感，真是悲哀。

在一家二手貨服飾店裡，我一眼就看上了一件復古式的洋裝。它的款式和花樣都不至於太過可愛，感覺既灑脫又俏麗。

是二手貨，所以很便宜。

2900圓

價錢我也很滿意

70'S

我一直想要一件不會太可愛、又不會太老氣的洋裝，有一天……

喔
USED SHOP

關於試穿的一段回憶
正在試穿
嗯~好難看喔
趕快脫掉
小姐，穿起來怎麼樣啊？您可以到外面來照照鏡子看一看啊。♥
嚇
哇喔~，您穿起來真~是好看極了。
好~可愛喔!!
渾身不自在

我買衣服的時候很少試穿。

原因是，試穿的時候我總會覺得好緊張，所以我才不喜歡試穿。

因此，我這次也是胡亂想像自己穿上那件衣服的美麗模樣，然後就買下來了。

想像中的美麗模樣

我要買這件洋裝。
謝謝您的惠顧

沒想到回家一穿，
發現它還是太大了。
好像是小孩偷穿媽媽的衣服似的。

……
肩膀太大
腰身的位置也不對。
袖子太長
長度太長
哇哈哈!

這種時候，我總會想如果真的有哆啦A夢，可以用縮小燈幫我把衣服變小，那該有多好。

縮小燈—
閃
大小剛好了耶~

唉~雙手舉高，看起來就很合身了……

我試著用腰帶繫，來遮掩腰身的缺點，
肥大
也試過套上一件粗線針織背心。
臃腫
但無論怎麼做，都看起來又肥又腫
怒氣沖沖
總歸一句，這種長度根本不適合我!!
長度到小腿最粗的部分
腳看起來很粗
嘗試了各種穿法，企圖彌補身材的缺點
於是我靈機一動，想到在下面穿件長裙……
襯裙風味兒
怎麼會是這樣兒……
妳是哪一國人啊？
我要睡覺了。
掛在衣架上，看起來還是滿可愛的，怎麼穿在我身上就是不搭調呢？
……好可惜
嘟囔 嘟囔
Z Z Z

最後
我終於放棄穿那件洋裝的念頭，而把它改成了裙子。
一臉想不開的表情……
喀嚓
喀嚓
縫起来，穿上繩子，這就完成了。
CUT
剩下的布還可以做成別的東西。
小領巾
把四邊縫起來就行了。
嗯，這樣就可以穿了。
長度也剛好
可是，這麼一來就失去買洋裝的意義了啊！
……
……不過，這麼做的話
拉緊
嗯
我們就像是穿情人裝一樣，不是很好嗎？
臉紅

到頭來，我還是最適合穿這類的洋裝。
腰身部分直線剪裁
無袖
圖案太大的話，會搶走我的光彩，所以我喜歡圖案小一點兒的。
花朵的圖案如果太大，好像人被花襲擊似的。
穿著變化也很多
只要改變一下組合搭配，幾乎一整年都可以穿喔。
裡面穿一件緊身T恤啦，
繫上腰帶，
或是繫一條領巾，
或是套上一件對襟毛衣。
有一天我穿著那件心愛的洋裝出門……
那個人的洋裝跟妳一樣耶。
可是，看起來好像是完全不同的衣服耶……
瀟灑俏麗
震驚
洋裝篇完

Lesson. 3
SKIRT

裙子篇

買來的裙子的長度多半都比我理想中的長一些。並非不能穿，但我總會懊悔如果再短一點兒就好了。去找長度剛好的裙子，問題就解決了，但我只要發現喜歡的裙子，儘管長度有點兒不合，還是會買下來。

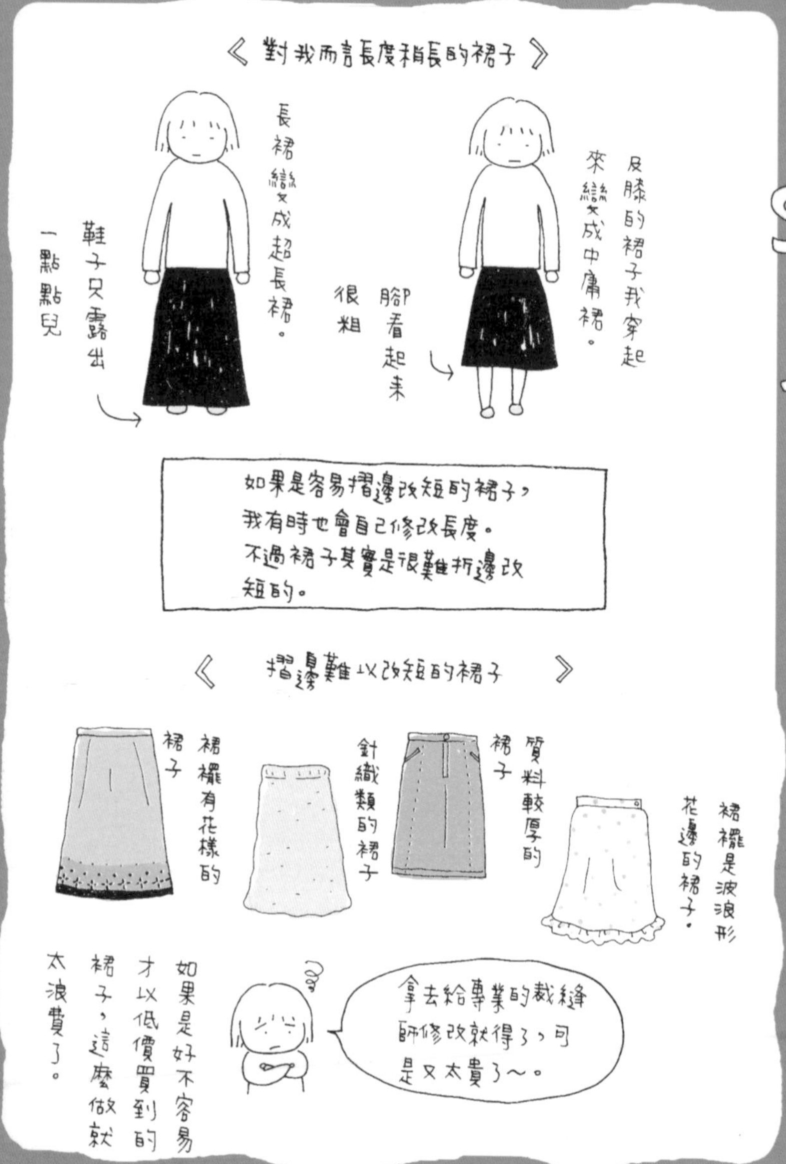
《對我而言長度稍長的裙子》
長裙變成超長裙。
鞋子只露出一點點兒
及膝的裙子我穿起來變成中庸裙。
腳看起來很粗
如果是容易摺邊改短的裙子，我有時也會自己修改長度。不過裙子其實是很難折邊改短的。
《摺邊難以改短的裙子》
裙襬有花樣的裙子
針織類的裙子
質料較厚的裙子
裙襬是波浪形花邊的裙子。
拿去給專業的裁縫師修改就得了，可是又太貴了～。
如果是好不容易才以低價買到的裙子，這麼做就太浪費了。

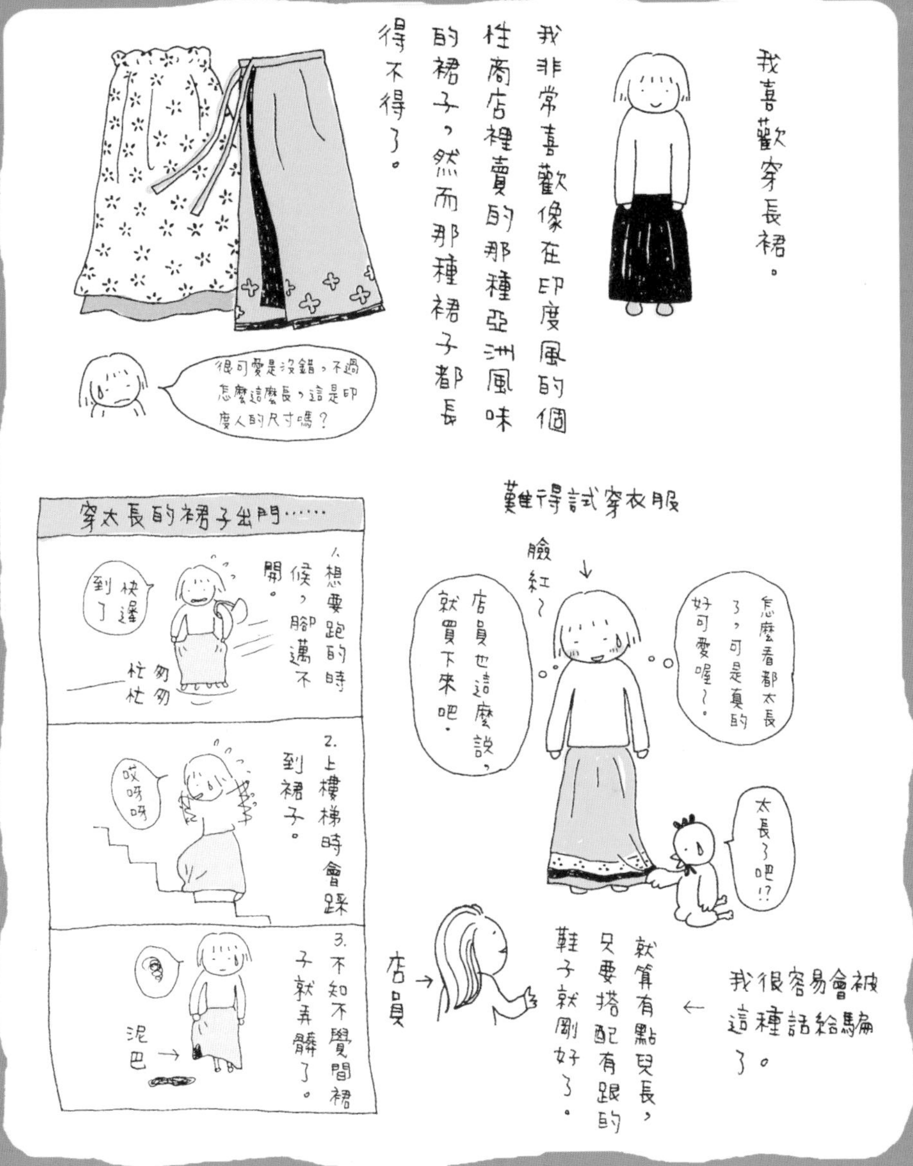
我喜歡穿長裙。
我非常喜歡像在印度風的個性商店裡賣的那種亞洲風味的裙子，然而那種裙子都長得不得了。
很可愛是沒錯，不過怎麼這麼長，這是印度人的尺寸嗎？
難得試穿衣服
怎麼看都太長了，可是真的好可愛喔～。
臉紅～
店員也這麼說，就買下來吧。
太長了吧!?
穿太長的裙子出門……
1.想要跑的時候，腳邁不開。
快遲到了
匆匆忙忙
2.上樓梯時會踩到裙子。
哎呀呀
3.不知不覺間裙子就弄髒了。
泥巴
我很容易會被這種話給騙了。
就算有點兒長，只要搭配有跟的鞋子就剛好了。
店員

那條裙子的長度還是太長，所以把腰圍的部分摺起來看看。
捲起來
還在用高中時候的那套撇步。
臃腫
……
肚子看起來很大
我又試著把裙子拉高到胸部那兒。
拉
你看，用衣服蓋住，
就很美麗了吧？
好像變長了耶！
嚇
拖拉……
不料出門後，走著走著，裙子竟然漸漸地往下掉。
四下張望
拉
……
好幾次偷偷地把裙子往上拉。

這回我用繩子把裙子綁起來，以防止裙子往下掉。
一圈圈地纏
由於沒有適當的繩子，所以我用的是塑膠繩。
這下沒問題了吧！
感覺好像是
魚市場的歐吉桑
震驚—
儘管從外面看不出來，妳這樣做也未免太……
我的造型設計師朋友介紹我用「鬆緊式腰帶」。
演藝人員當衣服太寬大時，也會用這種鬆緊式腰帶。本來是跳舞時用的。在運動用品店等都有售，售價約800圓。
（折合台幣約230元）
顏色的種類也很多喔
你看
哈哈哈
這下如何啊？
比繩子好多了。
這也沒什麼好神氣的呀……
這下子，不管怎麼動都不會掉下來了♪

我喜歡穿腰身是鬆緊帶的裙子。
鬆緊帶
這種裙子也很適合我那種「蒙混式的穿法」。
拉～
腰圍的尺寸也不會不合
我也很喜歡一片裙。
不適合剪下襬來改短的裙子，如果腰身是鬆緊帶，也可以從那裡著手。
1.剪掉
2.縫起來
3.穿上鬆緊帶
腰身的部分會被上衣蓋住，所以縫得有點歪也沒關係。
碰到有裙釦和拉鍊的裙子，我就只會移動裙釦的位置而已。
很困難
穿有鬆緊帶的裙子，就算吃太飽，肚子也不會很難受。
真好吃！
真好吃！
再來一份
你還吃啊？
嗝……
自助式午餐
不過，那是優點……也是缺點……
哎喲～我胖了！
吃那麼多當然囉～

上衣裙子的搭配

長裙之類的裙子，最好是搭配比較合身的上衣。

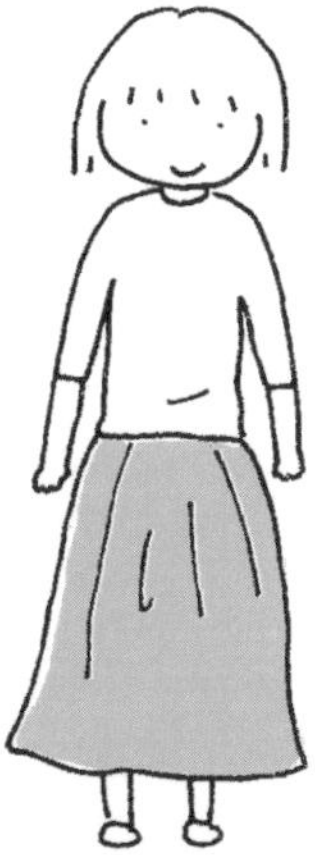

短窄裙之類比較輕巧型的裙子，則應搭配比較寬鬆的上衣。

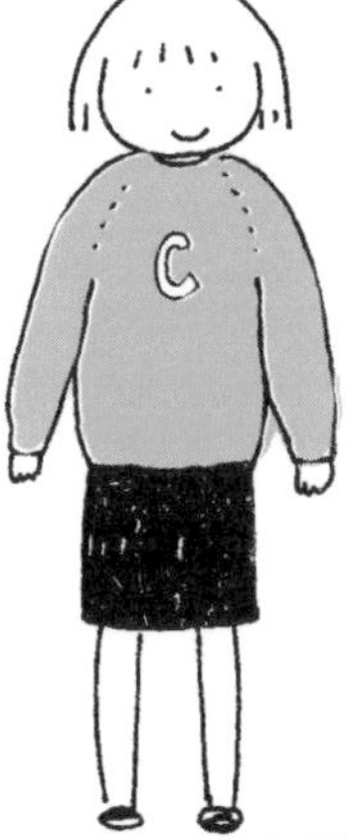

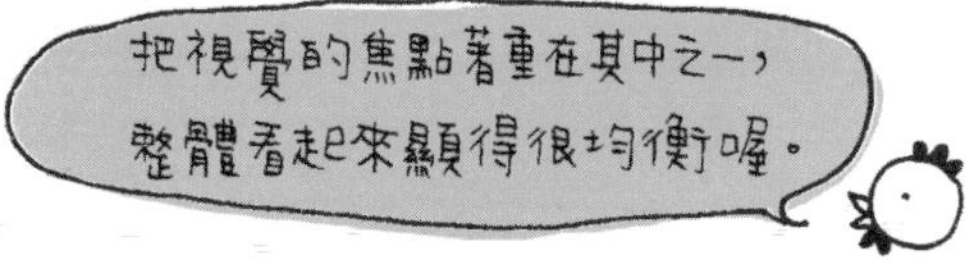
把視覺的焦點著重在其中之一，
整體看起來顯得很均衡喔。

如果上面和下面都是膨膨的話……

好像是人被衣服穿似的。宛如「會走路的衣服」一般。

如果上下都很貼身的話……

就顯得人更瘦小了。變成了「小矮人」

裙子只要與穿的人個性相稱，整體的感覺不是那麼平衡也無妨。
我覺得依自己個性穿衣服，並穿出特色才是最重要的。

超短迷你裙
活力充沛的行動派女孩兒

鬱金香形的裙子
端莊漂亮的職業婦女
開衩裙
嬌豔嫵媚的性感女郎
我還是穿長裙感覺最自在。
因為可以蓋住妳的粗粗腿啊。
好痛喔……
打你！
裙子篇完

好無聊喔
真的好無聊喔
咚咚
好無聊，好無聊，好～無聊
啊～好無聊喔。
呼嚕ー
終於安靜下来了。
呼

宴會的服裝一般還是以洋裝居多，但是……
身材高挑的女孩子穿上合身的長禮服，就很亮眼動人了。而我一穿，卻看起來土裡土氣的。
我覺得穿這種衣服除了手長腳長之外，上半身也要夠長，穿起來才好看。
很短
很長
我認為上半身的長度，比腰圍更能展現出成熟美。
給人成熟女性的印象。

Lesson. 4

FORMAL

宴會服裝篇

我平常淨是穿一些休閒樣式的服裝，所以偶而受邀去參加婚禮或宴會時，就會為該穿什麼衣服而傷透腦筋。我很羨慕那些高個子的女孩子只要穿上洋裝或套裝，感覺就很正式得體了。同樣的穿著，換成我就顯得太樸素不起眼。

在街上遇到身材修長高挑的女孩，有時也會教我看得入迷。
哇！
不過被人家說：「妳的上半身很長，真好。」大概也不會覺得高興吧？
看看雜誌中寫真女郎們的比基尼泳裝照，她們的上半身也都好修長，教人吃驚讚嘆。
胸部和肚臍竟然相距那麼遠，真教人難以置信……
我的卻這麼近
你在幹什麼？
軀幹的長度不同，大概其中的內臟構造也不一樣吧！
所以，我才會一吃完飯，肚子就凸出來了!!
鼓起來
那是因為妳吃太多了！

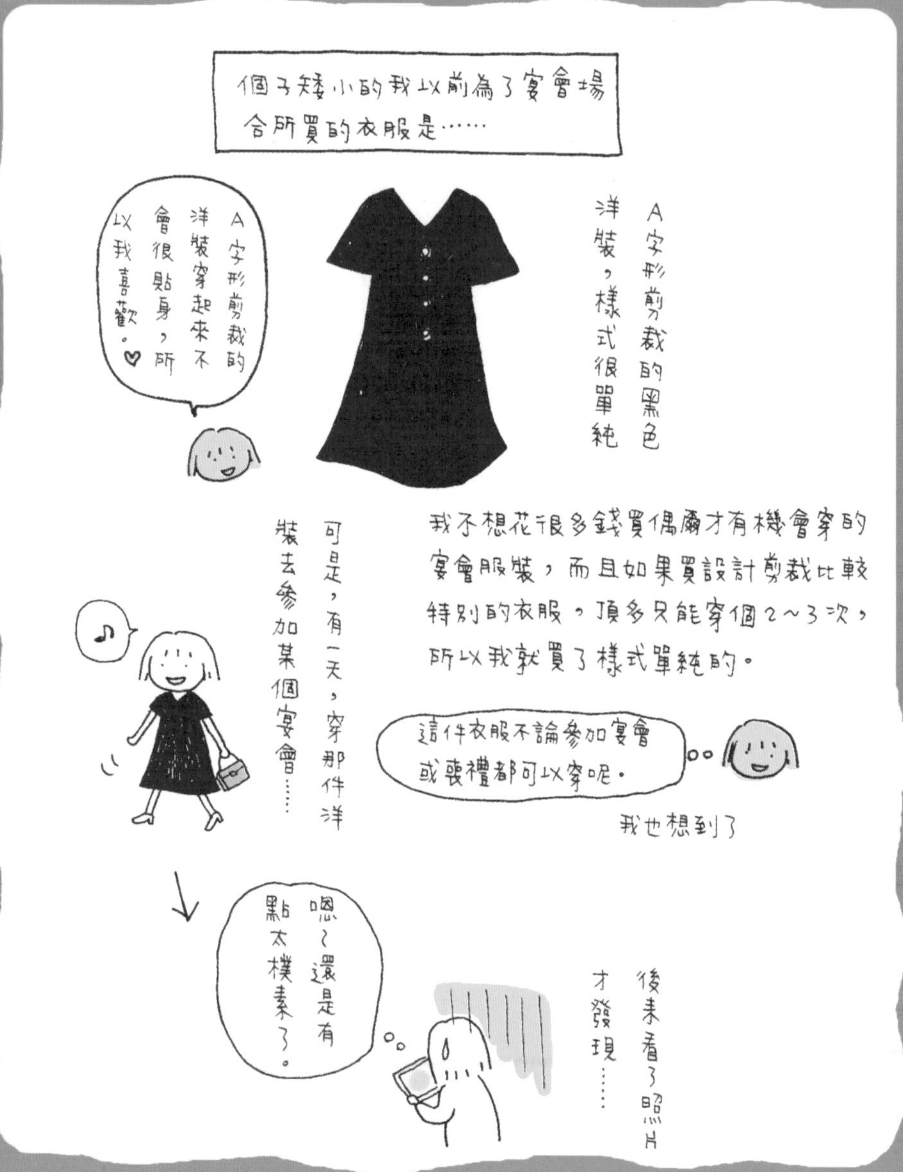
個子矮小的我以前為了宴會場合所買的衣服是……
A字形剪裁的黑色洋裝，樣式很單純
A字形剪裁的洋裝穿起來不會很貼身，所以我喜歡。♡
我不想花很多錢買偶爾才有機會穿的宴會服裝，而且如果買設計剪裁比較特別的衣服，頂多只能穿個2～3次，所以我就買了樣式單純的。
這件衣服不論參加宴會或喪禮都可以穿呢。
我也想到了
可是，有一天，穿那件洋裝去參加某個宴會……
♪
後來看了照片才發現……
嗯～還是有點太樸素了。

有亮片裝飾的領巾
皮草
感覺比較成熟的網襪
胸花
＋
花朵模樣的厚絲襪
單純不花俏固然好，但也想利用一些配件或裝飾品來增添另一種風情。
項圈
披肩
色彩鮮豔的厚絲襪

和我一樣同屬矮個族的Y，婚禮時，在新娘禮服下面穿的是一雙像漆木屐般的鞋子。

嘻嘻嘻
哇塞……
又厚又重

鞋子當然得穿高跟鞋

我高中時期參加的是網球社，有次在練習時腳部受了傷，從那之後只要一穿高跟鞋，舊傷就會發疼，這讓我變成了個子矮，卻不能穿高跟鞋的致命體質。然而，正式場合時，我還是會勉強穿上高跟鞋。

高二的夏天
嘿！
喀啦
痛死我了!!

好痛喔……
不過只好忍耐……

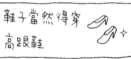

我覺得個子小的人參加宴會等正式場合時，穿和服也滿好的。
我只在成人式時穿過一次長袖和服，不過聽說和服反而適合個子嬌小或是兩肩比較窄的人來穿。
原來如此
長袖的和服
是最華麗的禮服！是未婚女性最正式的服裝。
單色不帶花樣的和服
真希望能穿出淡紫色、粉紅色等單色和服的雅致成熟韻味兒。
會客和服
可以穿去參加婚禮或宴會、茶會等。
挑選和服時的重要注意事項
最好是依膚色來決定和服的顏色。皮膚白的人不妨挑選粉彩色系的粉紅色或綠色等比較淡雅的顏色皮膚黑的人則適合紫色、黑色、紅色等顏色鮮明的色系，此外，穿有異國風情的撚線綢質料和服也滿不錯的。
皮膚白？→
黑色和服
老了就得穿
我媽媽→

二手貨的和服雖不適合穿去參加一些正式的場合，但它們不僅價錢便宜，而且以前的人個子嬌小的較多，所以大小也比較剛好，真是挺划算的。
二手和服
好便宜喔!!
2000圓
我穿上一些太華麗的和服，看起來就好像是參加「七五三」儀式的小女孩，所以一直很希望能把一些雅致不華麗的和服穿出成熟風韻。（譯者註：「七五三」在日本，男孩於虛歲三歲、五歲，女孩於虛歲三歲、七歲那一年的11月15日盛裝到神社參拜的一種儀式。）
你有沒有搞錯？
千歲飴
努力地打扮得漂漂亮亮出門，但有時看了在宴會上拍的團體照卻教人好傷心……。
慶祝30周年茶會
哇……我……好矮……
……
……
宴會服裝篇完

基肯非常討厭洗澡
今天是洗澡的日子喲！
嚇
喔
喔
嘿，過來吧。
浴室
喔
哇
喔
哇
喔
喔
但卻喜歡洗完澡後來上一杯啤酒。
……
咕嚕……
BEER

Lesson. 5

PANTS

長褲篇

想把長褲穿得很稱頭。

但甩不掉的煩惱是「改短的問題」。

有時會發生送去改短回來一看，卻發現設計變了個樣兒的悲劇。

某天，我看上了一條長褲……
哇！
火焰熊熊的火樣
我雖不喜歡試穿，但長褲之類的服裝，由於想知道穿起來的感覺如何，而且修改長度的問題也是不可避免的，所以一定會試穿。
偶而也來穿穿這種感覺很粗獷的長褲吧～
是不是
穿起來很好看啊～
嗯～就買下來吧～♡
我又敗在這花言巧語的攻勢下了

差不多這麼長是嗎？
真希望他們能少算這部分的布料錢……
莎喲娜拉
每次要把衣服改短時，除了覺得剪掉一大段好可惜之外，同時也有些不甘心。
回家後一穿……
噫—?!本來是這樣子的嗎？
變成小火了!!
哇哈哈
諸如此類的悲劇經常降臨在我身上。

在我周遭所發生的「改短」悲劇

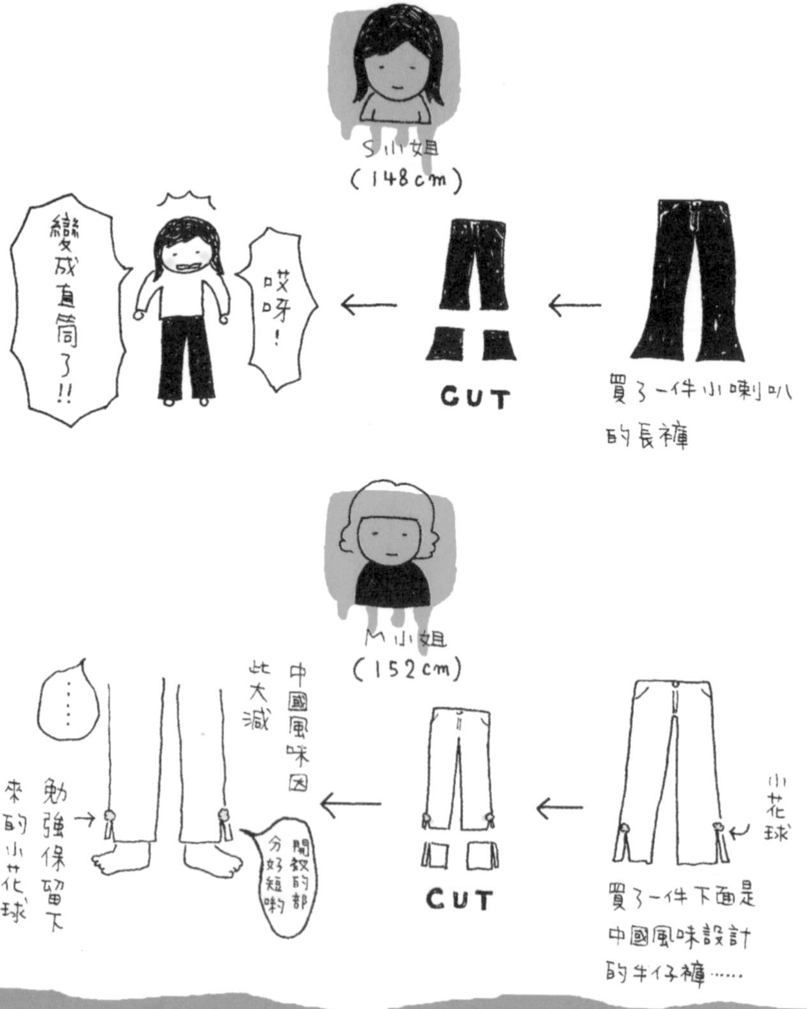

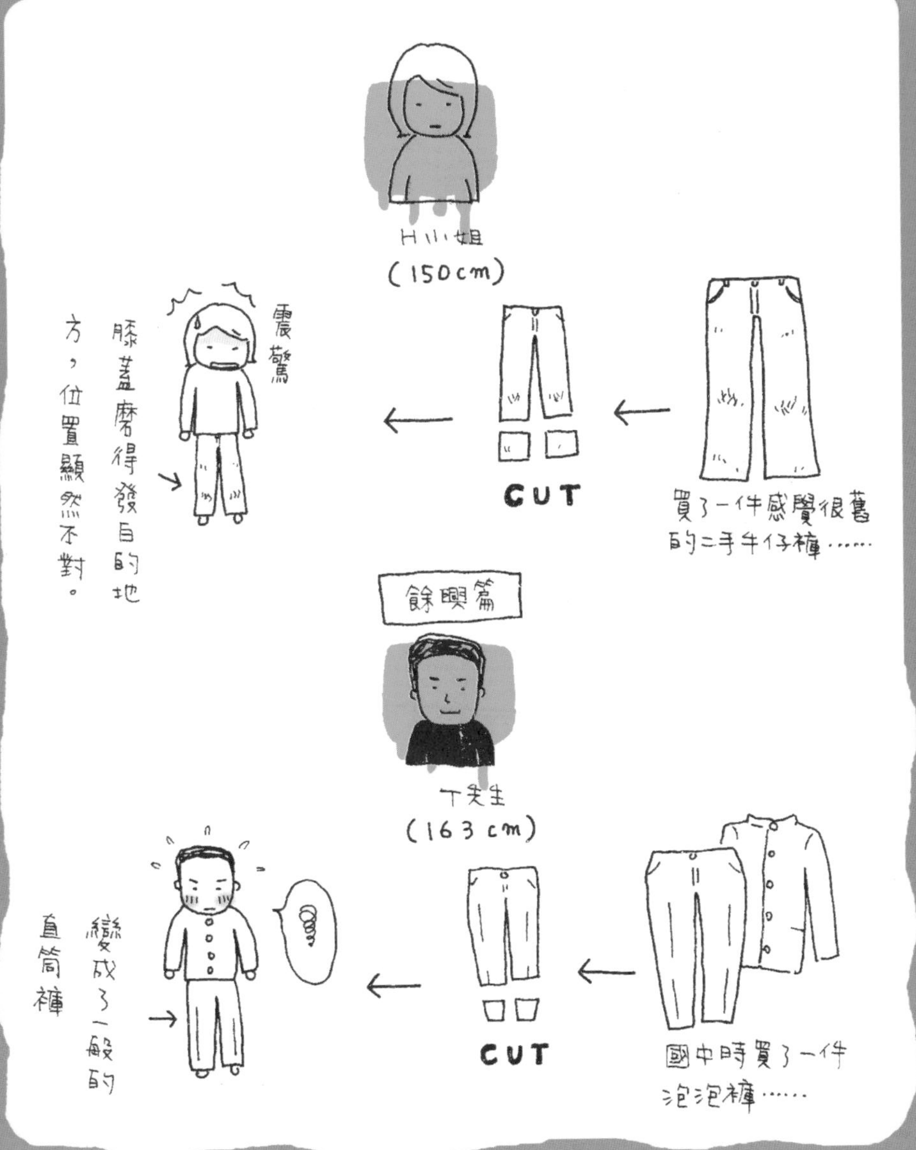
H小姐
(150cm)
買了一件感覺很舊的二手牛仔褲……
CUT
震驚
膝蓋磨得發白的地方，位置顯然不對。
餘興篇
T先生
(163cm)
國中時買了一件泡泡褲……
CUT
變成了一般的直筒褲

以前住在家裡時
也曾發生過這樣
的事……
別人給我的
長褲太長了
……
像江戶時代
的諸侯一樣
幹得好，
有賞！
噗……
這樣也不錯吧!!
對了，剪掉後不
縫邊，營造出
綻線的風情。
妳只不過是懶
得縫邊罷了!!
剪掉之後洗了幾次，
綻線的部分愈來愈帶
勁。
你看
很帥吧?!
可是，當我再拿去
洗的時候——
怎麼綻線成
這個樣子!!
……真是的
我媽
啊，你那條長褲綻
線得太嚴重了，
我幫妳剪好了。
被剪齊了
哎呀
我的心血
全都泡湯
了～
哇哈哈

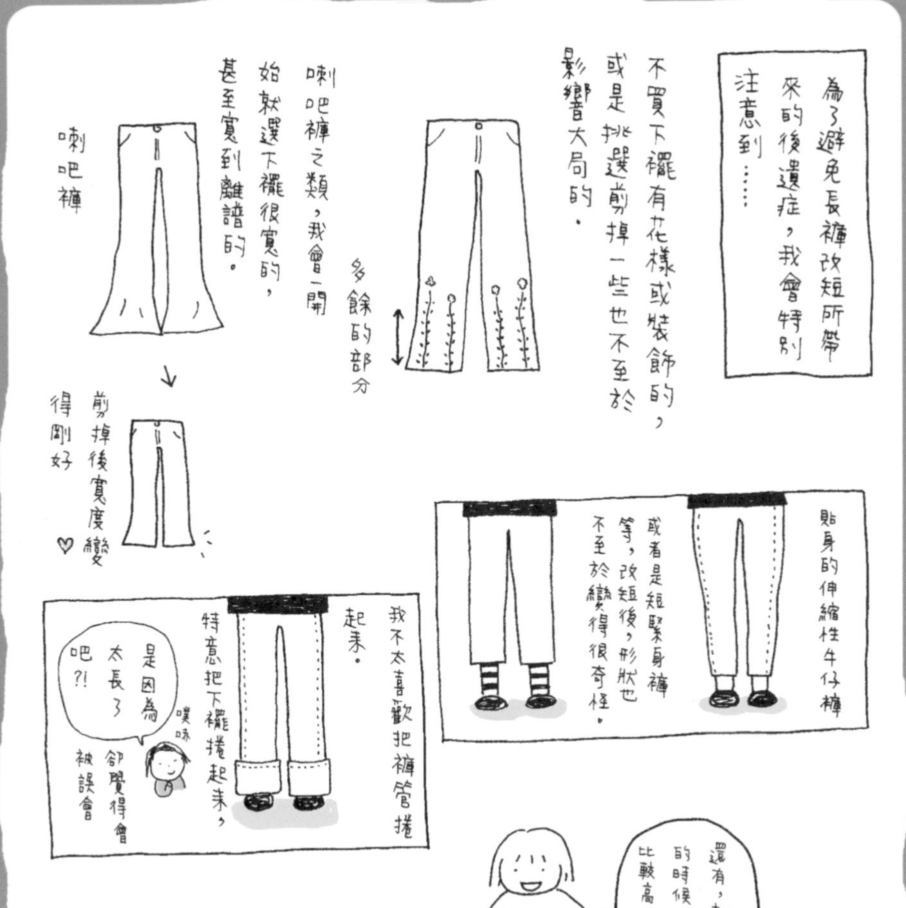

為了避免長褲改短所帶來的後遺症，我會特別注意到……
不買下襬有花樣或裝飾的，或是挑選剪掉一些也不至於影響大局的。
多餘的部分
喇吧褲之類，我會一開始就選下襬很寬的，甚至寬到離譜的。
喇吧褲
剪掉後寬度變得剛好♡
貼身的伸縮性牛仔褲
或者是短緊身褲等，改短後，形狀也不至於變得很奇怪。
我不太喜歡把褲管捲起來。
特意把下襬捲起來，
卻覺得會被誤會
是因為太長了吧?!
噗哧
還有，就是穿長褲的時候，搭配鞋跟比較高的鞋子。
妳穿超級矮子樂，是不是？

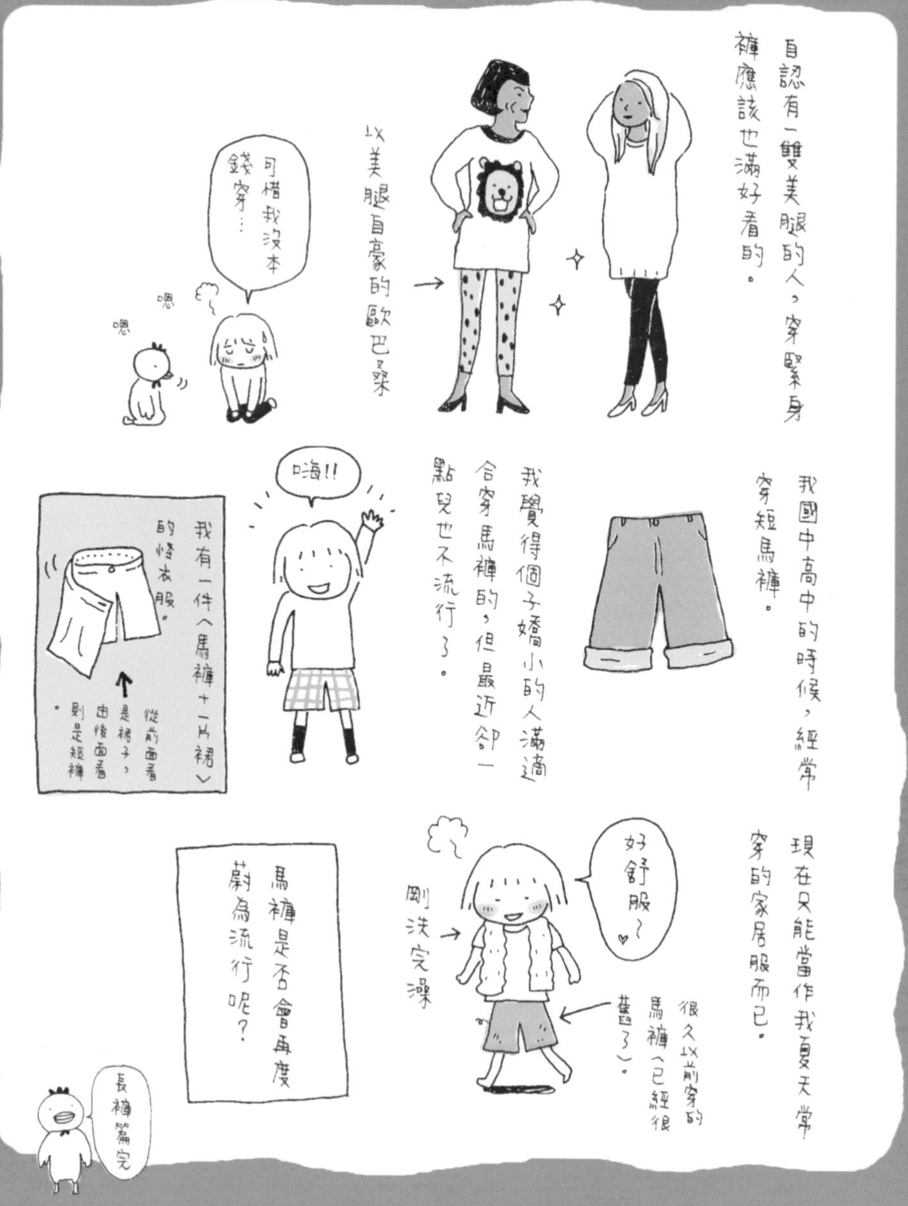
自認有一雙美腿的人，穿緊身褲應該也滿好看的。
以美腿自豪的歐巴桑
可惜我沒本錢穿…
嗯
嗯
我國中高中的時候，經常穿短馬褲。
我覺得個子嬌小的人滿適合穿馬褲的，但最近卻一點兒也不流行了。
嗨!!
我有一件〈馬褲＋一片裙〉的怪衣服。
從前面看是裙子，由後面看則是短褲。
現在只能當作我夏天常穿的家居服而已。
好舒服～♡
很久以前穿的馬褲（已經很舊了）。
剛洗完澡
馬褲是否會再度蔚為流行呢？
長褲篇完

清晨報曉，這乃是雞的職責。
鈴鈴鈴……
鈴鈴鈴
喀嚓
喔喔喔
喔……喔
喔……
回籠覺
呼嚕

二十歲之前都是買國中生票。

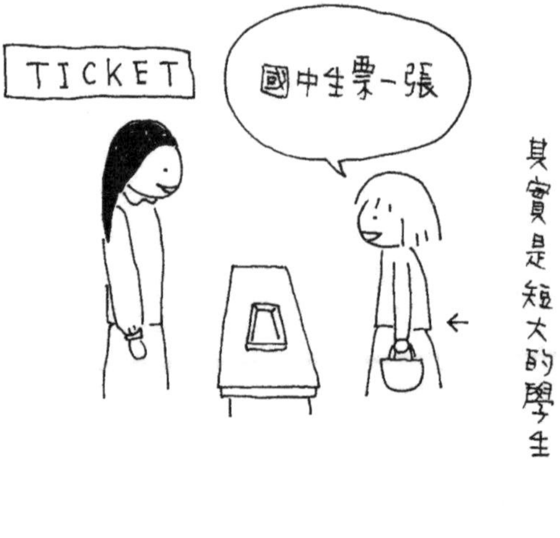
TICKET
國中生票一張
其實是短大的學生

W O R K I N G

150 cm 工作經驗談

chapter.5

「希望成為一個獨立自主的人」

社會上有一些職業是有身高限制的。

（空姐空少、女警、自衛隊軍人、模特兒、
賽車比賽場上的獻花

☆ 遞獎狀的女助理、職業運動選手、
太空人……等等）

……這真是件令人氣憤的事。

在工作上，個子矮小確實有其不利之處。

譬如拿不到高處的東西、搬大東西時很吃力、給人感覺好像很靠不住……。

但只要賣力工作，應該不會輸給個子高大的人才是。

而且應該也有個兒小，反而成為一種特色的職業。

我個兒雖小，卻也希望獲重用，獨當一面。

在頭髮上塗矽膠通過新弟子審查的舞之海，真教人佩服……

我第一次開始工做是在高
二那年的夏天。
在溫泉觀光區的咖啡屋裡
打工，擔任女服務生的工作。
那時我十六歲，但大家似
乎都以為我是國中生。
有時會有客人對我說
打工嗎？真了不起。
妳幾歲啊？
妳一個小時的薪水是多少？
帶點同情的意味
來觀光旅遊的歐巴桑們↓
歡迎光臨
哎呀！好可愛的女服務生。
真的耶
嗯…沒有啦！
臉紅
這時候的「可愛」多半不是指相貌，得分辨清楚才行。
呵呵呵
個子矮矮的
失望
高中去打工時，經常擔心自己在客人眼中是否很有個店員的樣子。
曾嘗試塗上口紅，好讓自己看起來成熟些，卻適得其反。
像個偷搽媽媽口紅的小孩似的……

上美術設計學校時，曾在附近的家庭用品大賣場打工。

口袋裡總是放著美工刀和捲尺這兩樣工具。

家庭用品大賣場裡出售各式各樣的商品，因此在那裡工作也挺辛苦的。

大型犬用
中型犬用
我要買那個狗屋。
好的
拿得動嗎？
哎喲！好重喔!!
愛犬之屋(大)
……
我…幫您拿到收銀處那兒去。
搖搖晃晃

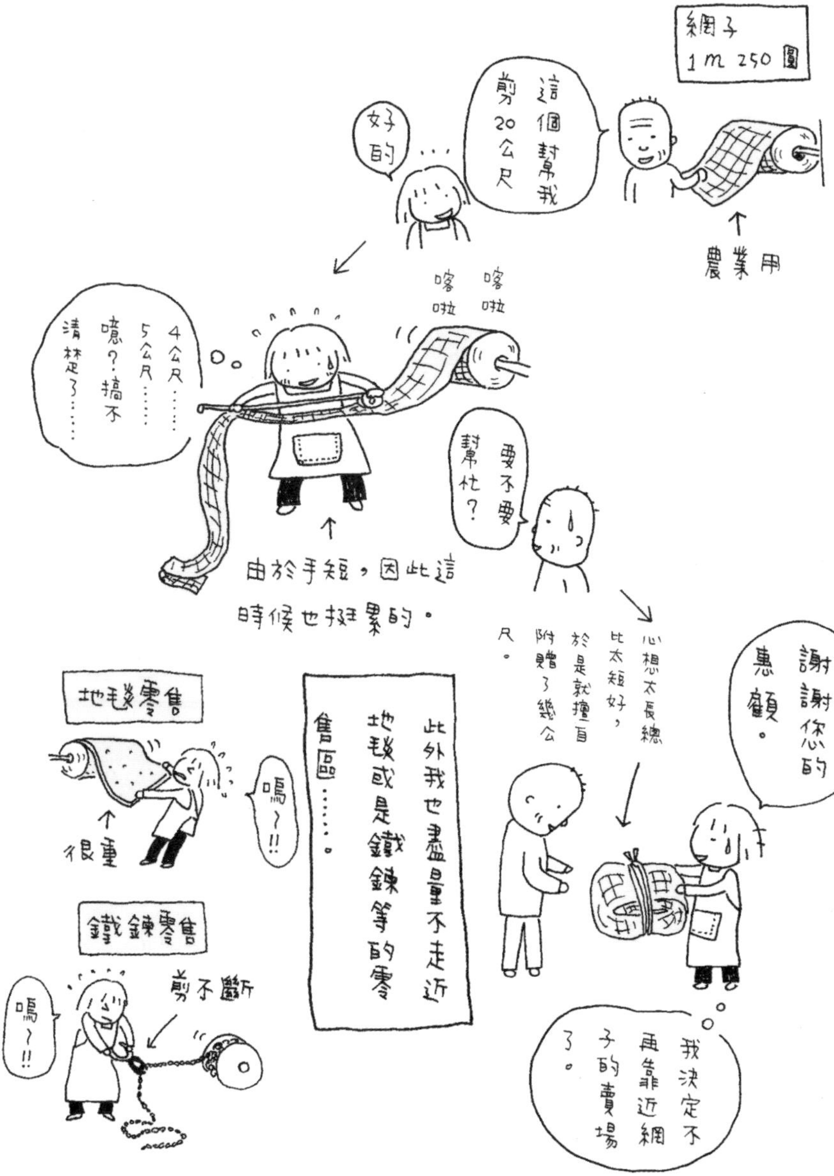
網子
1m 250圓
這個幫我剪20公尺
好的
農業用
喀啦 喀啦
4公尺……5公尺……噫?搞不清楚了……
要不要幫忙?
由於手短，因此這時候也挺累的。
心想太長總比太短好，於是就擅自附贈了幾公尺。
謝謝您的惠顧。
我決定不再靠近網子的賣場了。
此外我也盡量不走近地毯或是鐵鍊等的零售區……。
地毯零售
很重
嗚~!!
鐵鍊零售
剪不斷
嗚~!!

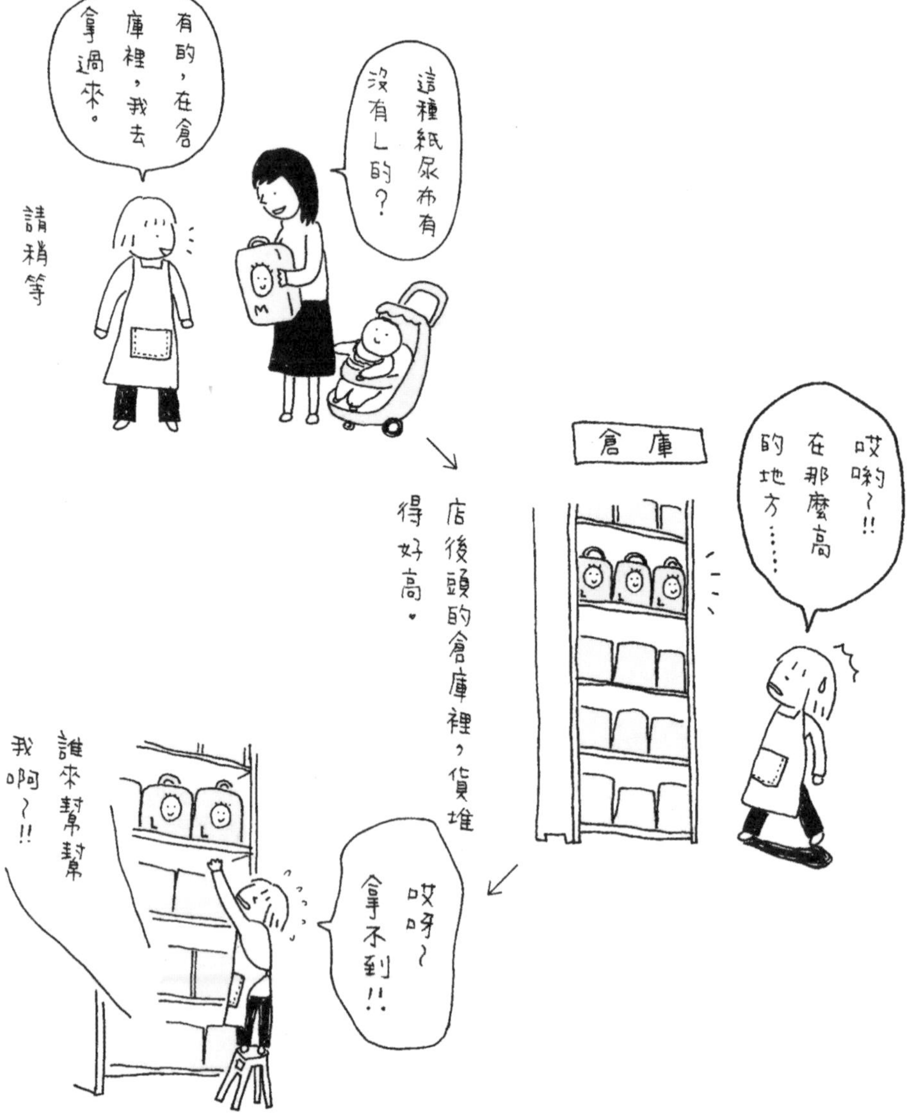
這種紙尿布有沒有L的？
有的，在倉庫裡，我去拿過來。
請稍等
倉庫
哎喲～!!在那麼高的地方……
店後頭的倉庫裡，貨堆得好高。
哎呀～拿不到!!
誰來幫幫我啊～!!

那之後，我也在搬家公司打過工。

工作內容是裝箱打包，到了目的地後拆箱把東西歸位之類的事。

我去搬家公司打工的動機是：

「這個工作可以到很多家庭裡去看看，應該滿有趣的。」

事實也是如此，每次去的家庭都各不相同，真是一個有趣的工作。

去過超級大富豪的家裡，也去過似乎會傳出〈神田川〉這首歌的老舊公寓。

有幸福洋溢的遷居，也有大異其趣的，我也因此窺見了人間百態。

（譯者註：「神田川」乃一九七〇年代的日本流行歌曲，歌曲中描述一對年輕男女租了老舊公寓同居，生活過的很辛苦卻很甜蜜幸福。）

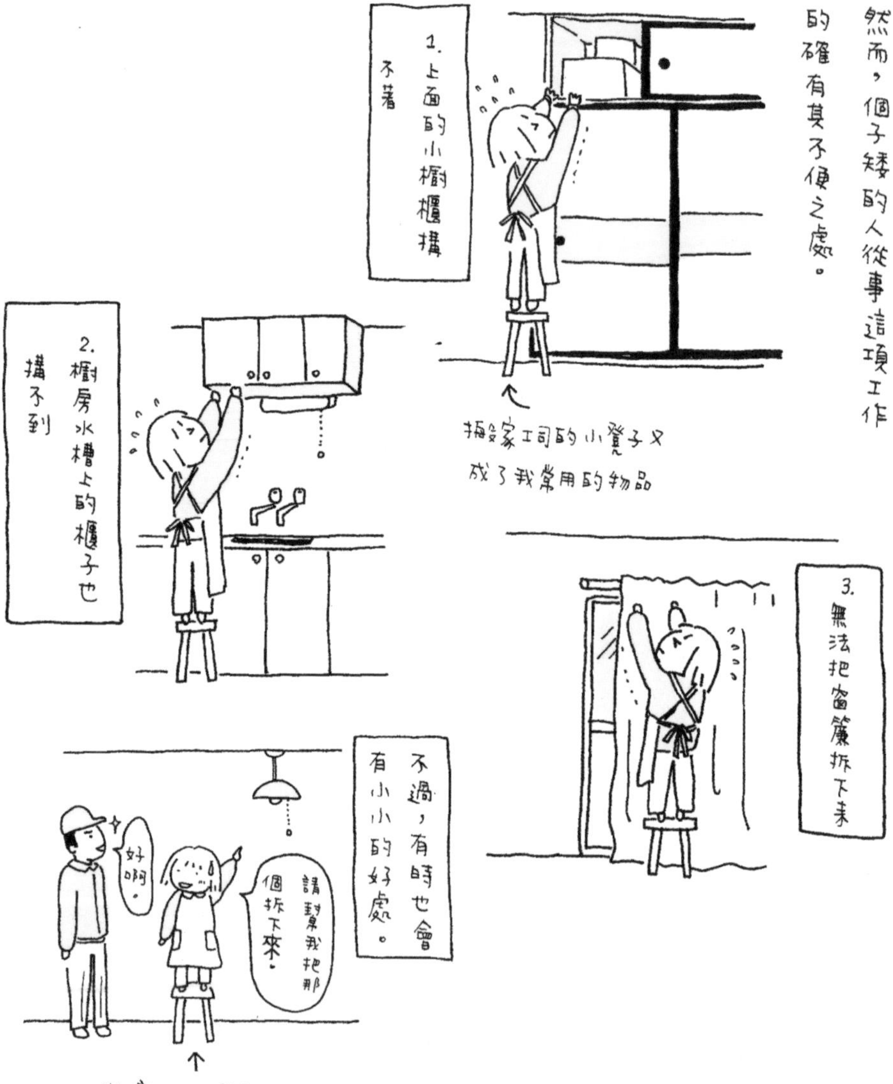
然而，個子矮的人從事這項工作
的確有其不便之處。
1. 上面的小櫥櫃搆
不著
搬家工司的小凳子又
成了我常用的物品
2. 櫥房水槽上的櫃子也
搆不到
3. 無法把窗簾拆下來
不過，有時也會
有小小的好處。
請幫我把那個拆下來。
好啊。
故意找帥哥幫忙

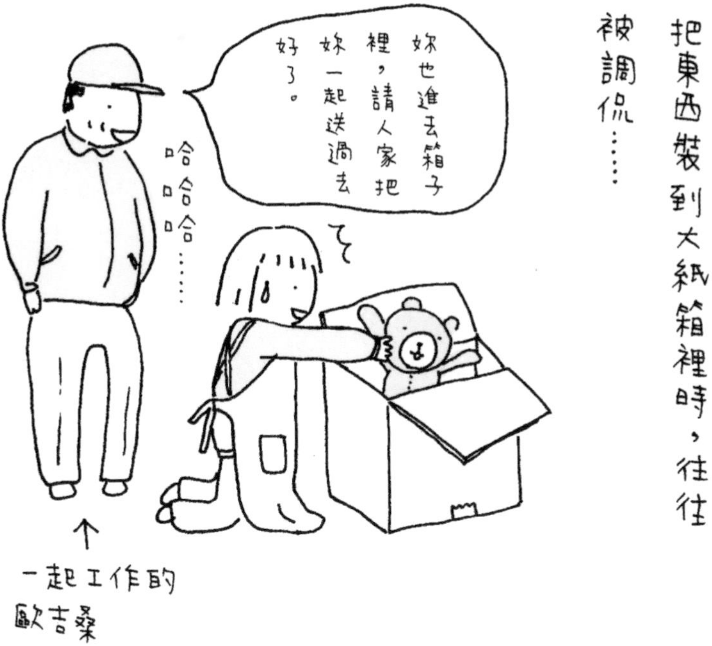

把東西裝到大紙箱裡時，往往被調侃……
妳也進去箱子裡，請人家把妳一起送過去好了。
哈哈哈……
一起工作的歐吉桑

我幫妳拿吧！
個子小雖然有許多不便，但也經常因此受到周圍的人的協助與關心。
這或許也是一種小小的好處吧？
不過我也不能老是依賴別人

我周圍認真工作的矮朋友們

我去的那家髮廊，有一位150cm的設計師，他每遇到上半身很長的客人似乎就很傷腦筋。

頭頂看不太清楚。

已經把椅子降到最低了，但還是太高了。

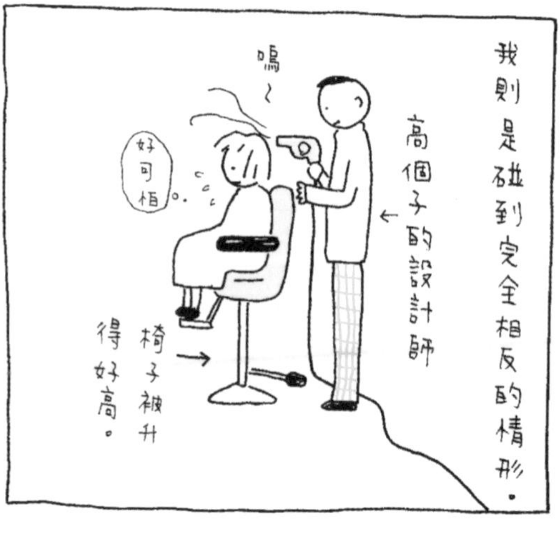
我則是碰到完全相反的情形。
高個子的設計師
嗚～
好可怕
椅子被升得好高。

145cm在蛋糕店工作
的K小姐，
站在展示櫃後頭，
就只露出一個臉，
歡迎光臨

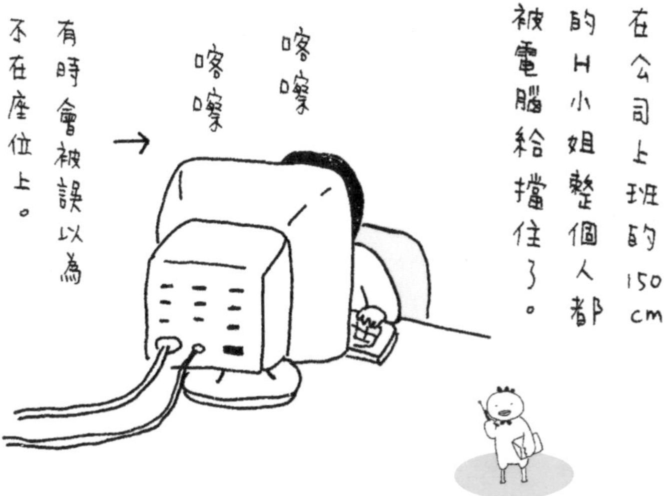
在公司上班的150cm
的H小姐整個人都
被電腦給擋住了。
喀嚓
喀嚓
有時會被誤以為
不在座位上。

在旅行社工作的S小姐（148cm），引導團體客人時總是拼命地揮舞旗子。

148cm的I先生，學校老師，如果擔任五、六年級的課程，其時他的身材和小朋友們並沒什麼差別。

但他卻因這種平易近人的形象而頗受小朋友們歡迎。

146cm的U小姐在兒童樂園或活動會場擔任表演工作，裝扮成小丑的模樣，發氣球給小朋友們。

這項工作由個兒小的人來擔任，可給人可愛的印象，所以頗受器重。

她同時也是劇團的演員，據說她拜身高之賜，經常扮演「可愛的女孩兒」之類討喜的角色。

有的人個子雖小，卻很認真積極地工作，令人刮目相看，不容忽視。
嗯，我也要加油!!
好像有心想努力了……
完

衣服可以穿很久。

150 cm 國外行

chapter.6

「世界真是大大大」

在日本都覺得個子矮了，到了國外更是深切感受到自己的矮小。

外國人都長得很高大。

在當地生活的人們個子高大的話，當然建築設備等也都配合做得很大。

我在異國感受到了文化衝擊。

異鄉的人們以看待小孩似的眼光來看我。

Hello!!
Bonjour!!
Guten Tag!!
JAPAN

在國外大部分的東西都做得比日本的大些。
桌子、椅子和床都很大，連飯店或商店的櫃檯都做得很高。
ham...... burger...... please......
踮著腳尖
食物飲料都是特大號的
唰
吃不完
嗚……
夜裡，在巴黎所發生的事。
曾在巴黎的飯店浴室裡一靠著浴簾，浴簾就整個連架子掉下來了。
喀咑
哎呀
像彈簧棒般的窗簾架
喝香檳喝醉了
可是我卻無法把它放回原位
本來的位置
天花板也很高
嗚~
教我吃驚的是，連馬桶座都很高呢。
!!

觀光地的外國人人牆可真是銅牆鐵壁。

BRAVO~!!
OH…!
我一點也看不到啊!!
跳
跳

美術館裡的畫也掛得稍微高些。

看久了脖子會痠。

而且外國人也把我看得比實際的年齡還小。

喝酒或是去賭場玩時，都會被要求提出可以證明年齡的東西。

BEER

還是學生的時候，在美術館要買學生票，拿出學生證，結果售票處的仁兄哈哈大笑地不知說了啥。他說的是法文，我雖聽不太懂，但我覺得他大概是說——

你看~二十一歲，一點都不像嘛~
哈哈哈哈

故意把人家的學生證拿給同事看，還笑個不停。

當時二十一歲

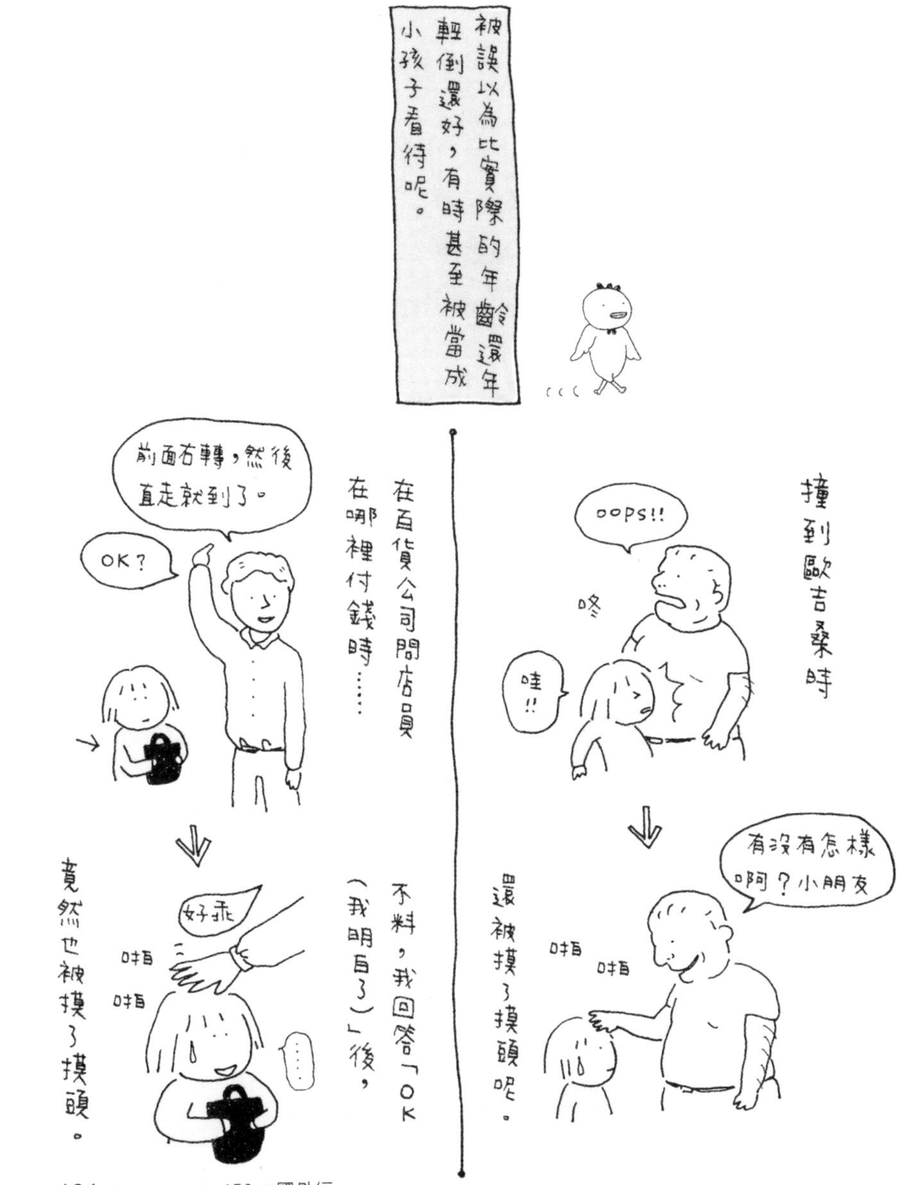
被誤以為比實際的年齡還年輕倒還好，有時甚至被當成小孩子看待呢。
撞到歐吉桑時
OOPS!!
咚
哇!!
還被摸了摸頭呢。
有沒有怎樣啊？小朋友
啪
啪
在百貨公司問店員在哪裡付錢時……
前面右轉，然後直走就到了。
OK？
不料，我回答「OK（我明白了）」後，
竟然也被摸了摸頭。
好乖
啪
啪
……

和我一樣個子也很嬌小的一位朋友Y小姐，在飛機上用簡單的英文和鄰座的美國中年男子聊天殺時間。

臨別時，那位中年男子在Y的書上寫了些字。

上面用英文寫著「可別忘記伯伯喔」之類的話。

該不會是把我當成是很小的小孩子吧？
25歲→

搭飛机，坐經濟艙也不覺得位子窄。

嗯～

比較胖的人坐經濟艙的位子就顯得又窄又不舒服。此時我就覺得「個子小真好」。

然而行李架太高，對我
而言就有些不便了。
有一個禮物
忘了拿。
DFS
剛好是死角，
所以看不見。
不管在海外會痛恨自己
的「小」也好，會被當成
小孩子也好，"旅行都是
件愉快美好的事。
搬運行李箱雖然很
累，但還是想再去
哪兒旅行……。
禮物呢？
完

我製作了一個名為「hokusoemu」（暗自竊喜）的網頁來介紹自己的插畫。上頭有一個我隨興記下每天所發生的事情的單元「無聊日記」。某天，我寫了一篇內容是「想要換房間的日光燈，卻因為身高只有150cm而吃盡苦頭」的日記。數日後，「媒體工廠」的松田紀子小姐為了要找一位適合畫「給矮個兒女孩的書」的插畫家，就用「身高150cm」「插畫家」這兩個關鍵字在網路上查詢，剛好找到了我的網頁，而和我聯絡，這就是我之所以會畫這本書的來由。我邊懷著感謝的心情，邊完成了這本書。感謝用「身高150cm」這個關鍵字進行查詢的松田小姐，也感謝網路查詢技術的進步，以及那天碰巧寫下那篇日記的自己等等。

在寫這本書之前，我並沒深思過「身高150cm」的種種心情境遇，但仔細一想就發現了很多「這是經常叫我傷腦筋的啊！」「我以為這是理所當然的，原來對別人而言並非如此。」之類的事情。還有叫我驚訝的是，聽聽周圍矮個兒朋友們的心聲後，才發現原來大家都有相同的想法、經驗，或不滿。

反過來去問問一些高個兒的人，這才明白原來個兒高的人也有他們的，我所想像不到的煩惱。譬如在看電影時，得小心不擋到後面的人；和男朋友走在一起時，得穿

高木直子

低跟的鞋子；喝的醉醺醺也沒人背得動，所以得小心不要飲酒過量；衣服太大改小就行了，可是太小就沒輒了。等等。

個兒高的人似乎也有他們的煩惱……。

雖羨慕那些標準體型的人，買來的衣服就能穿，一點問題也沒有。但有時也會覺得正因為衣服不合身，才會想「試試這種穿法吧」「試著自己改改衣服吧」等等，不斷摸索，動動腦筋，想想辦法，這也滿有趣的。

身高不合標準，那也無可奈何，只要找出適合自己的處事方式即可，只要想個子矮其實也是一種特色就好了。

未來，我的個子有可能變矮，卻不可能變高，因此我大概會一直過著150cm Life。

想到變成老奶奶時，我的身高不知變成幾公分，就覺得有些不安，但我認為個兒小的老奶奶絕對是比較可愛的啦。所以，我覺得以將來要成為那種老奶奶為目標，能快快樂樂地度過每一天就很幸福了。

最後，要衷心感謝畫這本書、寫這本書時，提供我許多訊息的矮個兒朋友，及其他的朋友們。

由於諸位的協助，我才能完成個人的第一本書。

在此向各位致上由衷的謝意。

搭電扶梯站在上層時，就好似
個子變高了。
但美夢很快就結束了
變矮了

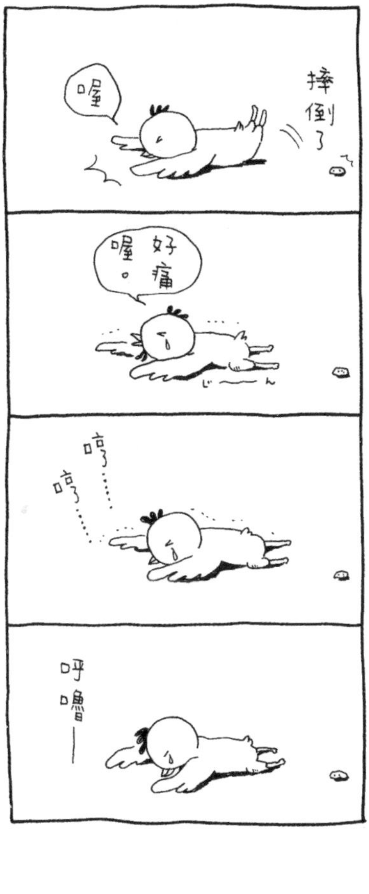
摔倒了
喔
好痛喔。
じ～～ん
哼……
哼……
呼嚕——

便當實驗室開張：
每天做給老公、女兒，偶爾也自己吃

現在每天為女兒跟老公帶便當。早上五點就在思考，要做會變得強壯的「菠菜便當」？還是換個花樣的「竹輪便當」？

打開便當盒的那一刻，有童年的無憂無慮，有野餐的快樂光陰，有吃飽飽的美味記憶。

媽媽的每一天：
高木直子東奔西跑的日子

每天每天，我都跟小米一起全力以赴玩耍跟學習。時間過得很快，每一個階段都有它的主題曲，一樣是手忙腳亂、東奔西跑的每一天，卻也是快樂又充實的每一天。

媽媽的每一天：
高木直子陪你一起慢慢長大

不想錯過女兒的任何一個階段，二十四小時，整年無休，每天陪她，做她「喜歡」的事……
媽媽的每一天，教我回味小時候，教我珍惜每一天的驚濤駭浪。

媽媽的每一天：
高木直子手忙腳亂日記

有了孩子之後，生活變得截然不同，過去一個人生活很難想像現在的自己，但現在的自己卻非常享受當媽媽的每一天。

再來一碗：
高木直子全家吃飽飽萬歲！

一個人想吃什麼就吃什麼！兩個人一起吃，意外驚喜特別多！現在三個人了，簡直無法想像的手忙腳亂！
今天想一起吃什麼呢？

已經不是一個人：
高木直子40 脫單故事

一個人可以哈哈大笑，現在兩個人一起為一些無聊小事笑得更幸福；一個人閒散地喝酒，現在聽到女兒的飽嗝聲就好滿足。

一個人住第5年
（台灣限定版封面）

送給一個人住與曾經一個人住的你！
一個人的生活輕鬆也寂寞，卻又難割捨。有點自由隨興卻又有點苦惱，這就是一個人住的生活！

一個人住第9年

第9年的每一天，都可以說是稱心如意……！終於從小套房搬到兩房公寓了，終於想吃想睡、想洗澡看電視，都可以隨心所欲了！

一個人住第幾年？

上東京已邁入第18個年頭，搬到現在的房子也已經第10年，但一個人住久了，有時會懷疑到底還要一個人住多久？

150cm Life
(台灣出版16周年全新封面版)

150公分給你歡笑，給你淚水。不能改變身高的人生，也能夠洋溢絕妙的幸福感。送給現在150公分和曾經150公分的你。

生活系列

一個人漂泊的日子①
（封面新裝版）

離開老家上東京打拚，卻四處碰壁。大哭一場後，還是和家鄉老母說自己過得很好。
送給曾經漂泊或正在漂泊的你，現在的漂泊，是為了離夢想更進一步！

一個人漂泊的日子②
（封面新裝版）

一個人漂泊的日子，很容易陷入低潮，最後懷疑自己的夢想。
但當一切都是未知數，也千萬不能放棄自己最初的信念！

一個人好想吃：
高木直子念念不忘，
吃飽萬歲！

三不五時就想吃無營養高熱量的食物，偶爾也喜歡喝酒、B級美食……
一個人好想吃，吃出回憶，吃出人情味，吃出大滿足！

一個人做飯好好吃

自己做的飯菜其實比外食更有滋味！一個人吃可以隨興隨意，真要做給別人吃就慌了手腳，不只要練習喝咖啡，還需要練習兩個人的生活！

一個人搞東搞西：
高木直子閒不下來手作書

花時間，花精神，花小錢，竟搞東搞西手作上癮了；雖然不完美，也不是所謂的名品，卻有獨一無二的珍惜感！

一個人好孝順：
高木直子帶著爸媽去旅行

這次帶著爸媽去旅行，卻讓我重溫了兒時的點滴，也有了和爸媽旅行的故事，世界上有什麼比這個更珍貴呢……

一個人的第一次
(第一次擁有雙書籤版)

每個人都有第一次，每天都有第一次，送給正在發生第一次與回憶第一次的你，希望今後都能擁有許多快樂的「第一次」！

一個人上東京
(陪你奮鬥貼紙版)

一個人離開老家到大城市闖蕩，面對不習慣的都市生活，辛苦的事情比開心的事情多，卯足精神求生存，一邊擦乾淚水，一邊勇敢向前走！

(卡哇伊加油貼紙版)

一個人去跑步：
馬拉松1年級生

天天一個人在家工作，還是要多多運動流汗才行！
有一天看見轉播東京馬拉松，一時興起，我也要來跑跑看……

一個人去跑步：
馬拉松2年級生

這一次，突然明白，不是想贏過別人，也不是要創造紀錄，而是想挑戰自己，「我」，就是想要繼續快樂地跑下去……

一個人邊跑邊吃：
高木直子呷飽飽馬拉松之旅

跑步生涯堂堂邁入第4年，當初只是「也來跑跑看」的隨意心態，沒想到天生體質竟然非常適合長跑，於是開始在日本各地跑透透……

一個人出國到處跑：
高木直子的海外歡樂馬拉松

第一次邊跑邊喝紅酒，是在梅鐸紅酒馬拉松；第一次邊跑邊看沐浴朝霞的海邊，是在關島馬拉松；第一次參加台北馬拉松，下起超大雨！

一個人吃太飽：
高木直子的美味地圖

只要能夠品嚐美食，好像一切的煩惱不痛快都可以忘光光！
只要跟朋友、家人在一起，最簡單的料理都變得好有味道，回憶滿滿！

一個人和麻吉吃到飽：
高木直子的美味關係

熱愛美食，更愛和麻吉到處吃吃喝喝的我，這次特別前進台灣。一路上的美景和新鮮事，更讓我願意不停走下去、吃下去啊……

(暖暖束口贈品版)

一個人暖呼呼：
高木直子的鐵道溫泉秘境

旅行的時間都是我的，自由自在體驗各地美景美食吧！
跟著我一起搭上火車，遨遊一段段溫泉小旅行，啊～身心都被療癒了～

一個人到處瘋慶典：
高木直子日本祭典萬萬歲

走在日本街道上，偶爾會碰到祭典活動，咚咚咚好熱鬧！原來幾乎每個禮拜都有祭典活動。和日常不一樣的氣氛，讓人不小心就上癮了！

(行李箱捨不得貼紀念版)

一個人去旅行：
1 年級生

一個人去旅行，好玩嗎？一個人去旅行，能學到什麼呢？不用想那麼多，愛去哪兒就去哪吧！
試試看，一個人去旅行！

(行李箱捨不得貼紀念版)

一個人去旅行：
2 年級生

一個人去旅行的我，不只驚險還充滿刺激，每段行程都發生了許多意想不到的插曲……這次為你推出一個人去旅行，五種驚豔行程！

TITAN 130

150 cm Life

高木直子◎圖文
洪俞君◎翻譯

出版者：大田出版有限公司
台北市104中山北路二段26巷2號2樓
E-mail：titan@morningstar.com.tw
http：//www.titan3.com.tw
編輯部專線（02）25621383
傳真（02）25818761
【如果您對本書或本出版公司有任何意見，歡迎來電】
法律顧問：陳思成

總編輯：莊培園
副總編輯：蔡鳳儀
行政編輯：鄭鈺澐
行銷編輯：張筠和
校對：陳佩伶 / 耿立予 / 余素維
視覺構成 / 中文手寫字：張珮萁
初版：二OO四年七月三十一日
新版四刷：二O二四年二月二十二日
定價：新台幣 250 元

網路書店：http://www.morningstar.com.tw（晨星網路書店）
TEL：04-23595819　FAX：04-23595493
購書E-mail：service@morningstar.com.tw
郵政劃撥：15060393（知己圖書股份有限公司）
印刷：上好印刷股份有限公司
國際書碼：ISBN 978-986-179-593-5 / CIP：861.6